N&K

Anita Siegfried

Die Ufer des Tages

Roman

Nagel & Kimche

1 2 3 4 5   04 03 02 01 00

© 2000 Verlag Nagel & Kimche AG, Zürich
Herstellung: Die Buchherstellung, Tatiana Wagenbach-Stephan
Druck und Bindung: Friedrich Pustet
Printed in Germany
ISBN 3-312-00273-7

I

Nebel steht in den Straßen, über dem Fluss.

Ein Frachter treibt mit der Strömung, lautlos, ein Umriss nur, schwebend über der Wasserlinie. Auf dem Deck steht ein Mann. Er hält die Arme ausgebreitet und ruft den Menschen, die sich über das Brückengeländer beugen, Worte zu, aber keiner winkt. Alle warten nur darauf, dass das Schiff einen Pfeiler rammt, ein leises Beben unter den Füßen, der Mann vom Deck gespült, endlich wieder einmal ein Ereignis, eine Geschichte zum Erzählen, ein Leben lang, weißt du noch, damals. Die Scheinwerfer tasten sich an Mauern entlang, huschen über Baumstämme, vielleicht auch prallen Fahrräder gegen Laternenpfeiler, stoßen die Leute auf den Gehsteigen gegeneinander, und jetzt gerade hält ein Kind im Laufen inne, die Häuserzeile da drüben ist ihm fremd, es macht schnell rechtsum kehrt, läuft weg, hinaus aus dem Bild.

Hinter den Vorhängen greifen aufgefächerte Schatten ins Leere, filigranes Blätterwerk. Sie nimmt es aus den Augenwinkeln wahr, das Gesicht starr zur Zimmerdecke gerichtet. Nur ja keine Bewegung, sonst kommt der Schmerz wieder.

Sie schließt die Augen, der Frachter ist jetzt unter dem Brückenbogen hindurchgefahren, schäumendes Kielwasser, die Wellenkämme driften auseinander. Möglich auch, dass heute die Schifffahrt eingestellt wurde, kein Frachter also, kein Mann, kein splitterndes Holz, aber der Baum ist da, sie muss den Kopf nicht drehen, um sich seiner Gegenwart zu versichern. Manchmal spricht er mit ihr.

Weiß flockend standen im Frühjahr die Blütendolden vor dem Fenster, auf dem Sims lag gelber Staub. Den Sommer hindurch verschattete die Krone das Zimmer. Die ersten Sonnenstrahlen zeichneten an klaren Morgen ein zitterndes Muster auf die Tapete. Jetzt hat sich der Baum gelichtet, das spärliche Laub ist welk und eingerollt. Die Früchte sind heruntergefallen, leise dumpfe Schläge, gefolgt von einem kullernden Geräusch. Der Boden war übersät mit Kastanien, dazwischen die aufgeplatzten Hüllen, die Innenseite von reinstem Weiß, die Ränder glatt, als wären sie mit einem Messerhieb zerteilt worden.

Kinder haben die Kastanien aufgesammelt. Auch Elsa hat in dieser Jahreszeit immer die Taschen voll davon. Sie liegen auf ihrem Tisch, sattbraun glänzend und dunkel gemasert, auf der Unterseite die herzförmige, schimmelfarbene Zeichnung. Aus einigen hat Elsa Tiere gemacht, Bauch, Kopf, vier Streichhölzer als Beine, zwei gebrochene Hölzchen als Hörner oder Ohren. Eine kleine Herde steht dort, Elsa sagt, es seien Ziegen, genauso gut könnten es aber Hunde oder Pferde sein.

Die eine Ziege hat Elsa in Seidenpapier eingewickelt.

Eben vorhin ist Elsa leise ins Zimmer getreten. Wortlos stand sie am Bett und starrte an die Wand, als sehe sie flammende Zeichen gemalt. Die Wollstrümpfe ringelten sich auf den Knöcheln. Ihre mageren Beine, die Knie zeichnen sich als knotige Verdickungen ab, aber wie ein Kind dazu bringen, mehr zu essen, alles Reden ist zwecklos.

Hinter dem Fenster war ein Flattern, ein Krächzen. Ein Schatten löste sich von einem Ast, schwang sich hinauf.

Elsas Augen wurden dunkel.

Mama!, schrie sie. Du darfst nicht sterben!

Wie kommst du bloß darauf, sagte sie. Ich sterbe nicht, Elsa, es ist alles gut, mach dir keine Sorgen. An Migräne ist noch keiner gestorben.

Bestimmt nicht?, fragte Elsa.

Nein, bestimmt nicht, sagte sie.

Bevor Elsa hinausging und leise die Tür hinter sich zuzog, stellte sie sich auf die Zehenspitzen und riss mit einer schnellen, heftigen Bewegung ein Blatt vom Zettelkalender, der am Türrahmen hängt.

Samstag, 26. Oktober.

Ein Lichtstreifen schiebt sich zwischen die Vorhänge. Er kriecht über den Parkettboden, glimmt auf, ein honigfarbener Stab, verblasst wieder und erlischt.

Die von den schräg einfallenden Sonnenstrahlen auf den Kirchenboden gemalten Flecken aber leuchteten in allen Farben, pulsierten und versickerten jäh in den Steinplatten, wenn Wolken sich vor die Sonne schoben. Als sie aus dem Dunkel der Kirche auf den stillen Platz hinaustraten, schneite es. Ein Kind lief vor ihnen her, den Kopf in den Nacken gelegt, und versuchte, die Flocken mit dem Mund aufzufangen. Maman, rief das Kind, regarde, la neige danse dans ma bouche!, ihr wurde schwindlig, ein Glücksgefühl überwältigte sie, flüchtig wie die Schneeflocken, die auf den Straßburger Pflastersteinen wegschmolzen. Es war einer jener seltenen und bestürzenden Augenblicke der Einsicht, mit etwas Größerem verbunden zu sein, das sie allerdings nicht benennen konnte.

Das aber ist keiner dieser Augenblicke, da sie hingestreckt liegt, außerstande, sich zu rühren, und das Mittagessen steht ungewärmt in der Küche.

Elsa ist zum Essen zur Nachbarin gegangen, und Lucas ist auf dem Nachhauseweg von der Schule. Er wird spät sein wie immer. Der Wald, an dem sein Weg vorbeiführt, ist das Revier der Jungen, man müsste sich keine Sorgen machen, nur hat man in jüngster Zeit wieder von diesem Mann gehört, es ist nicht das erste Mal, plötzlich sei er hinter einem Baum hervorgetreten, sagten die Kinder, und habe ihnen sein Glied gezeigt, und dann …

Und dann, was habt ihr gemacht?

Da sind wir schnell davongerannt, sagten die Kinder.

Zum Glück war Elsa nicht dabei, und der Kindergarten ist nah, nur eine Straße ist zu überqueren. Heute Morgen hat Elsa als Letzte die Wohnung verlassen. Sie hat sich das Täschchen mit dem Apfel umgehängt, die Haustür fiel zu, dann war es still. Später ein Klappern, der Milchmann, er schöpfte Milch in die Blecheimer, schlug die Türchen der Milchkästen zu. Im Baum schilpten die Spatzen. Ein Flugzeug, sehr fern. Hin und wieder Schritte auf dem Gehsteig. Eine Zeit lang übte jemand in der Parterrewohnung ‹Für Elise›, zum hundertsten Mal, ein quälendes Sichvortasten, Takt für Takt, sie hielt sich die Ohren zu, verwünschte die Stümperin. Das Geklimper hörte endlich auf, stattdessen war von draußen ein regelmäßiges dumpfes Schlagen zu hören, jemand klopfte Teppiche.

Einmal ist sie aufgestanden und in die Küche gegangen, die Hände machten alles richtig, sie setzten Wasser auf, nahmen eine Tasse aus dem Schrank, gaben Tee ins Sieb. Die wasserklare Flüssigkeit, die sie aus einem Fläschchen in die Tasse tropfen ließ, löste sich in milchigen Wolken auf. Fahrig blätterte sie in der Abendzeitung vom Freitag, die Asiatische Grippe im Vormarsch, der Satellit über der Schweiz. Ein Gedicht ‹Der den Tod auf Hiroshima warf›. Sie trank den Tee in kleinen Schlucken, zupfte an der Watte, die aus einer aufgeplatzten Naht des Morgenrocks quoll.

Von draußen war ein schepperndes Geräusch zu hören. Sie schaute aus dem Fenster.

Auf der Straße war mit Kreide ein Himmel-und-Hölle-Spiel gezeichnet. Ein kleines Mädchen stand auf einem Bein im Himmelsgewölbe. Es bückte sich, hüpfte in die Hölle zurück und aus dem Feld hinaus, der karierte Faltenrock wippte auf und ab. Mit einer kleinen Drehung des Handgelenks warf es den Stein, er schlitterte über den Asphalt und blieb außerhalb der Linien liegen. Das Mädchen nahm den Stein und übergab ihn lachend dem zweiten Kind, das jetzt vom Mäuerchen aufsprang, eine Geste des stillen und freundschaftlichen Einverständnisses, jetzt bist du dran.

Am Mittag läutete die Nachbarin und rief Elsa zum Essen. Elsa ist gut aufgehoben bei ihr, die Frau ist freundlich, beinahe zu freundlich, ihre Stimme ein Singsang, die kleine Frömmlerin, neulich wollte Elsa wissen, was eine Jungfrau sei. Immerhin kann man froh sein, dass Elsa ab und zu dorthin gehen kann. Woran die Gedanken festmachen, an dem kleinen Punkt dort oben in der Ecke, an dem Plätschern in der Heizung, wer hält das aus, das Hämmern im Kopf. Der Schmerz hockt hinter der Stirn, er krallt sich im Schädel fest, sein Stachel schlägt gegen die Schläfen, unmöglich, mit den Augen den Linien des Raumes zu folgen, sie biegen sich, dehnen sich in die Breite, die Zimmerdecke beginnt zu fließen, Rinnsale sickern an den Wänden herab, Wasserschleier, ganze Kaskaden, Wellen schlagen über ihr zusammen, das Wasser ist warm und weich. Lichtkringel schaukeln auf der Oberfläche, schwerelos sind Arme und Beine. Quallen schweben herab, sie sinken und steigen, sinken und steigen, amorphe Lichtkörper, Lichtfäden, sie driften mit der Strömung, winden sich um die Handgelenke, die Haut brennt, flächig breiten sich Blasen aus.

Füße und Hände aber sind klamm, und eigentlich müssten die Heizkörper aufgedreht werden.

2

In der einen Hand hält Elsa die Gabel.

Sie gräbt damit ein Loch in den Kartoffelstock, zieht Furchen und Rinnen, die Sauce fließt in alle Richtungen. Flüsse durchqueren das Gebirge, karottenrote Schiffchen schwimmen obenauf.

Elsa lacht.

Sie stützt das Kinn auf den Tisch und schiebt die Schiffchen mit dem Finger hin und her. Elsa!, Elsa!, rufen die Kinder, die am Ufer stehen und winken.

In der anderen Hand hält Elsa die Kastanie. Sie versteckt die Hand unter dem Tisch.

Wir wollen beten vor dem Essen, sagt die Frau.

Die Stimme der Frau ist sehr freundlich.

Der Mund der Frau ist ein Strich.

Die Frau neigt den Kopf über die gefalteten Hände.

Elsa legt die Kastanie in den Rockschoß, die Gabel neben den Teller. Sie bewegt die Lippen, flüstert unhörbar blöde Kuh, blöde Kuh, zehnmal hintereinander.

Die Frau lächelt zufrieden und satt vom Beten, der Strich zieht sich in die Breite.

Hinter dem streng gescheitelten Kopf der Frau ist das Küchenfenster. Hinter dem Küchenfenster ist das reinweiße Nichts. Hinter dem reinweißen Nichts dehnt sich meilenweit der Schlosspark mit den Palmenwäldern und den Blumen so groß wie Mühlrädern.

Elsa greift in den Rockschoß. Die Kastanie liegt glatt und kühl in ihrer Hand.

Im Täschchen machen die Kastanien blausamtene Buckel.

Aus zwei Kastanien und einigen Streichhölzern kann man eine Ziege machen.

Fünf Ziegen, eine ganze Familie, stehen auf Elsas Tischchen.

Eine Ziege für Mama.
Eine Ziege für Elsa.
Eine Ziege für Sylvie.
Eine Ziege für Lucas.

Wären es sieben Ziegen, könnte Elsa die Geschichte vom Wolf und den sieben Geißlein spielen. Aber Elsa mag das Märchen nicht. Elsa mag überhaupt keine Märchen, in denen der Wolf vorkommt. Die Geschichte von Alice im Wunderland hingegen gefällt ihr, aber noch viel lieber hat sie Geschichten mit Prinzessinnen und bösen Stiefmüttern. Am allerliebsten hat sie das Märchen von den Wilden Schwänen. Das hat Mama ihr sicher schon an die hundert Mal vorgelesen. Die elf Brüder trugen einen Stern auf der Brust und schrieben mit Diamantgriffeln auf Goldtafeln, und die Schwester Elisa besaß einen kleinen Schemel von Spiegelglas und ein Bilderbuch, das hatte unmenschlich viel

Geld gekostet. Darin war alles lebendig, die Vögel sangen, und die Menschen kamen aus dem Buch heraus und sprachen mit Elisa, aber wenn sie das Blatt umwandte, sprangen sie sogleich wieder hinein, damit keine Verwirrung in den Bildern entstehe.

Oh, die Kinder hatten es gut! Als aber die böse Königin den Kindern nur Sand in einer Teetasse gab und sagte, sie könnten tun, als ob es etwas wäre, da wussten die Kinder, dass es nicht immer so bleiben würde.

Eine Ziege für Papa.

Elsa wird die Ziege Papa mitbringen.

Elsa weiß nicht, ob sie sich auf den Sonntag freuen soll.

Elsa heißt eigentlich Elisa.

Hast du keinen Hunger?, fragt die Nachbarin.

Elsa schüttelt den Kopf. Sie schaut nicht auf.

Die Stimme will sich in Elsas Ohren einschmeicheln, süß wie Sirup lässt die Frau die Silben aus ihrem Strichmund tropfen, aber Elsa hört gar nicht hin.

Du musst essen, sagt die Frau. Du musst deiner Mama Freude machen.

Mmmmh, sagt Elsa und verteilt Streuwürze über den Bergen, es schneit gelben Schnee.

Wenigstens bleibt ihr heute die tägliche Heimsuchung erspart, Nase zu, Löffel rein, der Lebertran füllt ölig den Mund, nicht atmen nicht atmen, mit dem nächsten Atemzug kommt der Fischgeschmack.

Der Fischgeschmack füllt den Mund aus und den ganzen Kopf.

Elsa ist ein Fischkind. Der Fischgeschmack kann nicht mit Orangensaft weggespült werden, nicht mit kaltem Tee oder Limonade, nichts hilft.

Elsa wünscht sich, sie könnte mit den Ohren atmen, wie die Fische im Aquarium.

Wie geht es deinem Vater?, hört Elsa die Frau fragen.

Die Lippen der Frau sind jetzt eine Muschel.

Die Augen der Frau sind auf Elsa gerichtet.

Die Augen versuchen, Elsas Blick festzuhalten. Lauernd stecken sie ein Geviert ab in Elsas Gesicht, von den Augen zum Mund, darauf wartend, dass er sich öffne.

Elsa zuckt mit den Schultern. Sie schiebt den Zeigefinger unter den Tellerrand. Sie stemmt den Teller hoch, der Teller neigt sich, der Brei schlittert über den Tisch. Gelbbraune Pfützen mit Karottenrädchen schwimmen auf dem Wachstuch. Die Sauce tropft sämig auf den Boden.

Du freches Kind!, schreit die Frau und fährt vom Stuhl hoch. Was tust du? Deine Mutter hat schon genug Sorgen! Schau her, der Tisch und der Boden, alles ist verschmutzt!

Sie fasst Elsa am Arm, der Strichmund ist weit aufgerissen.

Kein Wunder, verliert deine Mutter die Nerven, mit so einem Kind!

Elsa windet sich aus der Umklammerung. Sie läuft zur Wohnungstür.

Die hölzerne Muttergottes auf dem Tischchen neben der Tür lächelt milde.

Elsa ist die Figur ein Rätsel. Wie kann Maria die Mutter Gottes sein, da doch die Welt von Gott erschaffen ist, Himmel und Erde und überhaupt alles von Alpha bis Omega, seine Mutter ihn aber geboren hat und also vor ihm hier gewesen sein muss? Andererseits sagte die Nachbarin, das Kind in den Armen der Statue sei Jesus, dann wäre Maria also die Mutter von beiden. Zudem weiß Elsa von Mama, dass man zum Kinderkriegen einen Mann haben muss, Jungfrauen aber Frauen sind, die keinen Mann haben, und Maria ist laut Auskunft der Nachbarin eine Jungfrau.

Elsa findet diese Familienverhältnisse sehr kompliziert, sie hat dafür noch keine Lösung gefunden und hat jetzt auch gar keine Zeit, um darüber nachzudenken.

Ohne sich umzusehen drückt sie die Klinke, geht hinaus, zieht die Tür hinter sich zu und eilt das Treppenhaus hinunter. Ganz hinten im Garten ist ein Busch. Seine Äste neigen sich bis zum Boden.

Elsa steckt die Kastanie in die Schürzentasche, kriecht unter das Geäst und kauert sich hin, die Arme um die Knie gelegt. Elisa aber horchte, ob ihre Brüder in der Nähe seien, ob die Wilden Schwäne über den Dächern kreisten, aber es war ganz still, um sie herum war nichts als milchige Helligkeit. Die Häuser und der Park mit den Palmenwäldern und das Königsschloss mit seinen Zinnen und Türmen, den Bögen und den kühnen Säulengängen, alles war verschwunden. Elsa weiß aber, unter dem Schloss ist der Kerker. Dort wohnt die Hexe. Sie hackt Hände ab und Füße, Arme und Beine und auch den Kopf mit dem Strichmund. Er rollt davon und fällt in den Bach, und das Wasser färbt sich rot.

3

Es ist kalt.

Sylvie beeilt sich. Bei jedem Schaufenster dreht sie den Kopf. Autos und Straßenbahnen fahren hinter ihr von einer Seite der Glasscheiben zur anderen, schieben sich aneinander vorbei und werden wieder vom Nebel verschluckt.

Nicht stehen bleiben. Sich im Vorübergehen mustern. Das genügt. Ihr flüchtiges Spiegelbild bestätigt nur, was sie schon längst weiß.

Es wird sein wie immer. Der Petticoat wird schlaff wie ein nasser Sack an ihr runterhängen, obwohl sie ihn in Gelatine eingelegt und gebügelt hat. Vor dem Badezimmerspiegel stehen. Haare hochstecken oder nicht. Sich viermal umziehen.

Alles vergeblich.

Letztes Mal war es so, heute Abend wird es so sein, immer das Gleiche.

Es war ein spätsommerlich milder Abend. Vater saß auf dem Balkon und schaute in die Baumkrone. Die Stare lärmten, irgendwo versuchte einer ein Motorrad in Gang zu bringen. Auf der Straße wandte Sylvie sich um. Neben dem Vater stand Elsa in ihrem leuchtend gelben Kleid. Die spitzen Knie schauten zwischen den Stäben des Balkongeländers hervor, sie lachte, winkte, ein Träger ihres

Kleids war über die Schulter gerutscht, die Hand flatterte neben ihrem Kopf wie ein kleiner Vogel.

Auf einer Bank schminkte Sylvie sich die Lippen hellrosa. Der Stift schmeckte nach Erdnussbutter. Im Spiegelchen sank die Sonne hinter eine Wolkenwand.

Der Garten der Villa war festlich geschmückt. Blütenweiße Tischtücher warfen Falten. In den Bäumen hingen Lampiongirlanden. Windlichter säumten den Rand des Schwimmbassins. Auf der Hollywoodschaukel wiegten sich drei Mädchen, die Beine übereinander geschlagen, nippten an Gläsern und schauten gelangweilt in die Dämmerung. Steif wie großblättrige Blumenkelche bauschten sich die Röcke.

Sylvie ging ins Haus. Sie suchte Ben.

Im Wohnzimmer war Schummerlicht, oranges Krepppapier war über die Lampenschirme gespannt. Die Möbel waren an die Wände gerückt, die Teppiche zusammengerollt. Drei Paare drehten sich zu einem langsamen Blues. Das eine Mädchen hing ihrem Tänzer am Hals wie eine Ertrinkende, den Kopf in den Nacken gelegt, die Augen geschlossen.

Die Gastgeberin kam mit einem Tablett, Hallo, Sylvie, schön, bist du gekommen, sie lächelte, drückte ihr ein Glas in die Hand, das Getränk, gelbopak, schmeckte fruchtig.

Typen standen herum, tranken Bier und hatten eine Schulter hochgezogen.

Ben erschien in der Tür. Er lächelte. Sylvie stellte ihr Glas auf den Kaminsims.

Ben legte seine Hände auf ihre Hüften, darling please love me, your heart beating so close to mine, sie legte den Kopf auf seine Schulter.

Der strenge Duft eines Rasierwassers lag auf seiner Halsgrube. Sylvie wünschte sich den Geruch weg. Er erinnerte sie an die Kräutertropfen, die Mutter manchmal in den Tee gibt.

Sie drehten sich langsam. So hatten sie es in der Tanzstunde nicht gelernt.

Plötzlich schlug die Stimmung um. Ein fast unmerkliches Kippen, die Zeitspanne eines Lidschlags. Die Luft lud sich auf, begann zu vibrieren.

Maité stand in der Tür.

Sylvie war sich sicher, sie musste nicht einmal den Kopf drehen.

Das schnelle Hinschauen der Mädchen.

Das Flirren in den Augen der Jungen.

Maité schlenderte zwischen den Tanzenden hindurch, legte hier jemandem schnell die Hand auf die Schulter, wechselte dort ein paar Worte, ihr dunkles Lachen. Sie setzte sich auf das Sofa, die Beine in engen Jeans übereinander geschlagen, und unterhielt sich mit wechselnden Partnern, die Hände immer in Bewegung.

Sylvie beobachtete Maité verstohlen. Alle Mädchen beobachteten Maité und fanden keinen Makel, keine Unregelmäßigkeit und keinen einzigen Pickel.

Rock 'n' Roll wurde aufgelegt. Maité tanzte. Ihre Bewegungen waren katzenhaft, geschmeidig. Hemmungslos. Sie warf die Arme in die Luft, you can burn my house, wackelte mit dem Hintern, you can steel my car, machte kleine schnelle Schritte, but don't step on my blue suede shoes, und Sylvie wusste, die Niederlage dieses Abends war vollkommen. Nicht etwa, dass Ben mit Maité getanzt hätte, oh nein. Er war liebenswürdig, unterhielt sich nur mit Sylvie, brachte ihr ein neues volles Glas, mehrere Male. Aber wenn sie sich beim Tanzen drehten, gingen Bens Blicke dorthin, wo Maité war. Einmal schlenderte er am Sofa vorbei.

Maité hob den Kopf und lächelte.

Bezaubernd, bezaubernd.

Ben lächelte zurück. Er starrte auf Maités Brüste.

Maité hat glatte helle Haut.

Maité war in Amerika.

Maité wirft sich die Haare aus dem Gesicht, mit dieser Bewegung, niemand macht es ihr nach.

Belegte Brötchen wurden herumgereicht. Um Mitternacht gab es eine Polonaise treppauf treppab durch das ganze Haus. Sylvie wurde mitgerissen. Fremde Hände legten sich auf ihre Schultern, säuerlicher Atem wehte ihr ins Genick. Schlafzimmertüren standen halb geöffnet. Aus einem Wandteppich, pastellfarben, stülpten sich wollig verknotete Wucherungen und Filzlianen. Ein Gummibaum glänzte. Auf der Konsole neben dem Eingang räkelte sich eine porzellanweiße Nymphe. Ein Mädchen stolperte, hysterisches Gelächter, die Reihe löste sich auf. Sylvie fand sich plötzlich in einem dunklen, muffig riechenden Kellerraum wieder, zusammen mit diesen Händen, die an ihr klebten. Die Hände drehten Sylvie mit einem leichten Druck, abwartend, nicht drängend. Küss mich, sagte Sylvie, sie legte die Arme um den Hals des Unbekannten, er war Brillenträger und roch nach Alkohol. Von ferne Stimmengemurmel und Musik. Sie küssten sich eine Ewigkeit, die Körper reglos sein hartes Glied gegen ihre Hüfte nur die Münder nur die Münder in fast vollkommener Dunkelheit glitt seine Zunge über ihre Zähne glitt in ihre Wangenhöhlen leckte an ihren Mundwinkeln seine Lippen weich und oh, im Treppenhaus waren Stimmen zu hören, er wollte mit einem Fußtritt die Tür zuschlagen, aber Sylvie schob wortlos seine Hände weg und ging nach oben, sie musste sich am Treppengeländer festhalten. Auf dem Sofa wurde rumgeknutscht, der Rock eines Mädchens war hochgerutscht und entblößte einen hellen Oberschenkel.

Sylvie verabschiedete sich nicht. Sie holte ihre Jacke in der Garderobe und trat in die Nacht hinaus. Es regnete. Vor dem Eingang war eine Lache Erbrochenes. Die Nässe hing schwer in den Bäumen, Windböen fuhren in die Äste, die Lampions wippten über dem Plattenweg, der im Schein der Gartenlampen glänzte. Dunkel erhob sich die

Silhouette des Wasserturms, die schnell dahintreibenden Wolkenfetzen waren voll gesogen vom Widerschein der Stadtlichter.

Auf halbem Weg holte Ben Sylvie ein.

Warum bist du weggegangen, sagte er, was ist los.

Sylvie zuckte mit den Schultern. Nichts und alles, antwortete sie.

Er schaute sie verständnislos an. Schweigend gingen sie nebeneinander her. Die Maisstauden standen verdorrt, die Blätter geknickt, Bündel von glänzenden Fäden schauten daraus hervor. Für einen Augenblick rissen die Wolken auf, Sterne funkelten und verschwanden wieder.

Ben nahm Sylvies Hand, sie ließ es geschehen.

Im Schutz des Vordachs küsste Ben sie auf den Mund, sein Haar war feucht, du, sagte er, sehen wir uns am Montag nach der Schule.

Sylvie nickte und versuchte zu lächeln. Sie stand neben sich und schaute diesem Mädchen, das Sylvie hieß, zu, ob sie es wohl richtig mache, ob sie ihre Rolle gut spiele, die Szene hieß ‹Abschied vor der Haustür›. Sie wünschte so sehr das Gefühl herbei, wie müsste es sein, wie, dieses Gefühl verliebt zu sein, sie war sich nicht sicher, ob das, was sie in diesem Augenblick für Ben empfand, damit gemeint ist, und wie kann man es überhaupt wissen.

Er stand unschlüssig, die Hände in den Hosentaschen.

Also, bis dann, sagte er.

Sylvie küsste ihn flüchtig auf die Wange und schloss die Tür auf.

Das Licht im Schlafzimmer erlosch, als sie in die Wohnung trat, Mutter war noch wach geblieben, wie immer. Vater ging im Korridor auf und ab, die Hände auf dem Rücken, den Blick gesenkt, als bohrte er mit den Augen Löcher in den Teppich, als suche er im verschlungenen Muster eine Orientierung, ein Wegzeichen.

Woher kommst du, sagte er, es ist spät in der Nacht.

Möglich, dass Sylvie gesagt hätte: Ich war mit Ben auf einem Fest. Ben ist nett. Ich mag ihn, aber ich bin mir nicht sicher, ob er mir wirklich etwas bedeutet. Sie hätten sich zusammen in die Küche gesetzt und ein Glas Wein getrunken, Sylvie hätte gefragt, wie war es eigentlich damals, als du zum ersten Mal eine Freundin hattest. Vater hätte gelächelt und einen Augenblick gezögert und mit seiner leisen Stimme ein paar wenige Sätze gesprochen, glasklare Worte und kein einziges zu viel, eine, wenn auch noch so zerbrechliche Spur zwischen ihnen. Beim Gutenachtsagen hätte er flüchtig ihr Haar berührt, schlaf gut, meine schöne Tochter.

Aber Sylvie schwieg. Sie wusste, dass Vater keine Antwort erwartete.

Sie ging ins Badezimmer, schmierte sich Stirn und Wangen mit Nachtcreme ein, putzte sich die Zähne, erforschte ihr Gesicht. Zog Bluse und BH aus, Warners formenzauberndes Kelchmodell, betrachtete ihre Brüste von vorn, von der Seite, fuhr mit dem Zeigefinger über die Lippen, wen sie im Keller unten wohl geküsst hatte, einerlei, sie wollte es gar nicht wissen. Nicht einmal seine Stimme kannte sie. Der Zufall hatte sie in die Arme eines Unbekannten getrieben, dessen Verlangen sich an Maité entzündet hatte.

Sie, Sylvie hätte genauso gut eine andere sein können, das war die Wahrheit.

Sylvie schob das Kinn nach vorn, riss die Augen auf, glättete die Stirn. Schultern, Haltung, Linie, den Kopf heben, lachen, lächeln, der Teenager ist der, von dem die Zeitschriften sagen, sein Alter sei das schönste und Kleider sind deine Visitenkarte ebenso wie deine und kontrolliere die zehn Punkte die für dein Aussehen Haut Haare Hände Lippen Zähne Augen Hals Typ Nummer 1 bist du herzförmig lieblich oder eher exotisch Nummer 5 die Stirn gewölbt und sehr en vogue weiße Blusen am Werktag sind kein Wunschtraum mehr aus Dracon abends gewaschen nass am Morgen wieder blütenfrisch und du schlägst alle Rivalinnen aus dem Feld aber pünktlich sein beim Rendezvous, und ja, ein Hauch Rouge auf die Wangen gezaubert!

Ja, Sylvie, Haltung und lachen, lächeln. Wirkliche Schönheit kommt von innen! Die Seele erleuchtet die äußere Hülle! Und noch etwas: Der Spiegel ist dein aufrichtiger Freund.

Alles Lüge.

Maité müsste man heißen. Maité, eine Lichtgestalt. Maités Körper ist makellos. Niemand stößt sich an den Belanglosigkeiten, die aus ihrem hinreißenden Mund kommen, wenn sie ihn aufmacht. Maité kann haben, wen sie will, sie hat die Wahl und sie wird sich den Schönsten nehmen, den Reichsten, einen, der kein Rasierwasser benützt und nicht schwitzt beim Tanzen, und die ganze Sache mit den inneren Werten kannst du dir an den Hut stecken, denn Rettung ist nicht in Sicht, außer du wirst neu geboren, Sylvie oder Silvia, alles einerlei, noch Hunderte von Male kannst du dir einen neuen Namen geben, und ein schwacher Trost, dass es welche gibt, bei denen Hopfen und Malz verloren ist.

Ulrike, die Fette.

Gabi, die schielt.

Beate mit der Hasenscharte.

Der Spiegel dein aufrichtiger Freund. Zehnmal am Tag. Siebzigmal in der Woche. Dreitausendsechshundertvierzigmal im Jahr.

Ein Leben lang.

Von der nahen Kirche schlägt es Mittag, zwölf Schläge, dann ein anhaltendes dünnes Gebimmel, und jetzt schwingt sich Jahrmarktsmusik über die Dächer.

Sylvie will die Straße überqueren.

Autos hupen, einer auf dem Fahrrad schreit, he, kannst du nicht aufpassen, mach doch die Augen auf, und Sylvie macht die Augen auf, was, wenn Maité es gewesen wäre dort unten im Keller, ihre, Sylvies Hand, auf Maités Schulter, Maités Pulsschlag an Sylvies Wange.

Sylvie erschrickt, ein Bild, das zu denken gar nicht möglich und verboten ist, weg damit und ausradiert.

4

Ich sterbe nicht, Elsa, mach dir keine Sorgen, sagte sie.
Elsa zögerte einen Augenblick. Dann ging sie hinaus und zog leise die Tür hinter sich zu.
Wo Lucas nur so lange bleibt? Sylvie ist noch unterwegs beim Einkaufen, und Elsa ist bei der Nachbarin. Das ist das Wichtigste, zu wissen, dass die Kinder gut aufgehoben sind. Die Blicke auf die Küchenuhr, wenn eines nicht rechtzeitig heimgekommen ist. Nachts die fernen Glockenschläge abzählen, die Töne hallen nach, schwebend, dissonant, und die schleichende Angst, wenn sich wieder ein Schlag hinzufügt und Sylvie noch nicht zu Hause ist. Die Nacht ist lang, die Straßen sind dunkel und leer, spärliche Lampen zeichnen helle Kreise auf die Gehsteige, das Kreischen der Straßenbahn in der Kurve, keiner hört die Hilfeschreie und kein Raum für andere Gedanken, kein offenes Meer um wegzudriften, nur abfahrende und ankommende Züge, an denen sich die Gedanken festmachen können, oder ein Schiff vielleicht? Ja, weshalb nicht eine Rheinschifffahrt, an der Loreley vorbei, an der Pfalz von Worms vorbei, am Kölner Dom vorbei, in Holland dann Windmühlen und Tulpenfelder, ein bunter Blumenteppich, so weit das Auge reicht, ein

schöner Anblick. Aus der Ferne sind Tulpen durchaus zumutbar, ein Gemälde mit großen monochromen Vierecken, rot und gelb, dahinter ein blauer Strich, der Himmel. Unversehens könnte man auch in Rotterdam ein Überseeschiff besteigen. Ist es groß genug, ja bestimmt, eine große Schifffahrt über den Atlantik, Papierschlangen und Blechmusik beim Abschied. Kein Segelboot, nein, zu Abenteuern taugt man nicht. Langsam würde das Schiff aufs offene Meer hinausgleiten, glänzender Schlick und Algen an der Ankerkette. Und dann die Weite, nichts als Wasser und Himmel und das über Wochen und weit und breit kein Horizont, und endlich der erlösende Schrei: Land in Sicht!, das üppige pralle Grün eines tropischen Landes, mit einer Wüste wollen wir nicht rechnen, obwohl eine Wüste so abwegig nicht wäre. Dort ist die Stille, die Unendlichkeit. An nichts denken müssen, nur zuschauen, wie die Sonne aufsteigt, über den Himmel wandert und untergeht. Dann die plötzliche Kälte, die Nacht fällt jäh herein.

Woher dieser Luftzug, Kühle streicht über das Gesicht. Unablässig tropfen kleine helle Töne durch die Röhren, bohren sich in die Schläfen, in die Augenhöhlen. Wo nur Lucas so lange bleibt.

Samstag? Wie konnte sie es nur vergessen.

Am Samstag um zwölf beginnt die Herbstmesse, hat Lucas gesagt. Ich werde nach der Schule hingehen.

Am Sonntag besuchen wir Papa, hat Elsa gesagt. Ich werde ihm ein Geschenk mitbringen.

Was wird morgen sein?

Ob er sie überhaupt wahrnehmen wird? Ein kleines Zeichen, dass er sich freut? Ein paar Worte, andeutungsweise nur, die ahnen lassen, dass es eine Zukunft gibt? Über die Vergangenheit muss man nicht reden. Die Fragen sind immer dieselben, und nach Antworten zu suchen ist müßig.

Noch kein Jahr ist es her. Bleiern kamen die Winterabende durch die Fenster gekrochen, machten sich in der Wohnung breit, und seine Wirklichkeit begann sich aufzulösen, sie hörte es an dem zögerlichen Auf- und Zugehen der Tür, es war nicht das erste Mal, sie war hellhörig auf die Anzeichen, mochten sie noch so unscharf sein. Mit seismographischer Präzision registrierte sie jede Veränderung in seinem Verhalten. Allmählich hüllte er sich in einen Mantel, der reichte bis zum Boden, und die Falten waren aus Schweigen, Blicke prallten daran ab wie kleine Bälle, Gummibälle. Eines Tages, es war kurz vor den Sommerferien, ging er nicht mehr zur Arbeit, und er ist doch so besessen davon. *Von allem, was der Mensch in seinem Lebenstrieb errichtet und erbaut, scheint meinen Augen nichts besser und wertvoller zu sein als die Brücken. Allen gehörig und allen gegenüber gleich nützlich, immer sinnvoll errichtet an dem Orte, an dem die meisten menschlichen Bedürfnisse sich kreuzen.* Sie kennt jeden Satz auswendig, Hunderte von Male hat sie die Zettel gelesen, in klarer Handschrift mit schwarzer Tinte beschrieben und über dem Arbeitstisch im Büro an die Wand geheftet.

Morgen also ist Sonntag, die wöchentlichen Besuche in der Klinik aber sind für die Kinder kein Sonntagsvergnügen, bereits die Hinfahrt und die bange Frage, was einen erwartet. Für Lucas vor allem ist es schwer zu ertragen. Er spricht nie darüber, er fragt nie nach seinem Vater und scheint doch genau zu wissen, was vor sich geht. Sein scharfer Verstand, obwohl er immer so verträumt ist. Muss man sich Sorgen machen um ein Kind, das unendlich viel Zeit für die alltäglichsten Verrichtungen braucht?

Elsa aber trägt ein Geheimnis mit sich, ein Mysterium. Manchmal legt sich dieser Ausdruck über ihr kleines Gesicht, sie hat den Blick in die Ferne gerichtet und bewegt die Lippen, als spreche sie mit jemandem in einer stummen Sprache. Ein möglicher Ausweg, besser als sich hinstrecken zu lassen, bezwungen von der Wut, der Hilflosigkeit, das Flimmern vor den Augen und lächerlich, ein Tier in Erwartung des tödlichen Bisses, es fehlt ihr die Hülle, die Elsa unverletzbar macht.

Elsa umarmte ihn, als sie sich am letzten Sonntag von ihm verabschiedete, Papa, weißt du was, sagte sie, flüsterte ihm etwas ins Ohr, er lächelte, die Hände reglos auf dem Tisch, Elsa machte ein verschwörerisches Zeichen. In dem kleinen Zimmer war diffuse Helligkeit, zitternde Lichtflecken auf dem Boden.

An jenem Abend hätte sie nicht weggehen dürfen, aber die Einladung zu dem Essen, wir zeigen die Dias von unserer Italienreise, hatte Frau Altmann am Telefon gesagt, die Einladung wollte sie sich nicht entgehen lassen.

Es ist schon gut, sagte Sylvie, geh nur, wir kommen allein zurecht.

Ohrklipse angesteckt, Mutters Erbstücke, kleine unauffällige Perlen.

Einen Tupfer 4711, ein Geschenk von Sylvie zum letzten Geburtstag, auf die Handgelenke.

Das türkisfarbene Wollkostüm aus dem Kasten geholt.

Zigaretten ins Handtäschchen.

Die übrigen Gäste waren Ehepaare. Niemand erkundigte sich nach ihrem Befinden, aber man hatte gerade über sie gesprochen, die Unterhaltung verstummte, als sie ins Wohnzimmer trat. Auf der Kommode stand eine Vase mit roten Dahlien, die Blumenköpfe winzige explodierende Feuerwerksgarben. Das ordentlich zusammengefaltete Papier lag daneben, ach ja, sie hatte vergessen, eine kleine Aufmerksamkeit mitzubringen, aber man würde es ihr nachsehen. Nach dem Hauptgang – Riz Casimir – wurden die Dias auf die Wand projiziert. Man musste zuerst das Bild abnehmen, Sonnenblumen in einem massiven vergoldeten Rahmen, darunter zeichnete sich das Viereck hell auf der Tapete ab.

Pisa. Der Schiefe Turm. Florenz. Rom. Der Trevi-Brunnen. Schwiff. Schieber auf die rechte Seite, Dia raus, schwiff, Schieber auf die linke Seite. Die Spanische Treppe. Der Tiber. Sankt Peter. Das Kolosseum (oje, seitenverkehrt). Das Reiterstandbild auf dem Kapitol. Das Kollosseum (jetzt ist es richtig!). Die Engelsburg.

Alles da.

Alles mit einem leichten Rotstich.

Eines der letzten Bilder, es war beinahe eine Stunde vergangen, Herr und Frau Altmann in einer Pferdekutsche vor ausladenden Pinien, Frau Altmann winkend, begann unter der Hitze der Lampe zu schmelzen, ein wolkiger Fleck mit brandigen Konturen fraß sich in den Himmel über der Ewigen Stadt.

Herr Altmann schaltete den Projektor aus und zog das Kabel aus der Steckdose.

Ja, ja, sagte er, die Römerinnen sind schon rassige Frauen.

Frau Altmann meinte, die Römer seien auch nicht zu verachten.

Herr Altmann verzog das Gesicht, die, sagte er, die stehen nur rum und kratzen sich am Schwanz. Er stand auf und zeigte, wie die Römer es machen, die Männer lachten.

Frau Altmann tupfte sich mit der Serviette den Mund ab. Sie ging in die Küche und bereitete den Nachtisch vor.

Und überhaupt, sagte Herr Altmann, sie hätten Glück gehabt, das Geld immer in der Innentasche der Jacke, und er lockerte mit dem Zeigefinger die Krawatte, den Unterkiefer leicht vorgeschoben.

Goldgeränderte Teller wurden über den Tisch gereicht, Vanillepuddings, blass zitternd in dunkelrotem Sirup, zuoberst eine Kirsche aus der Dose. Dazu gab es Waffeln, selbst gemacht.

Die eine Zigarette rauchte sie auf dem Balkon, es ist wegen der Gardinen, wissen Sie. In den Nachbarhäusern waren die Fenster erhellt, sie sah in Zimmer und Küchen hinein, Schatten gingen dazwischen hin und her. Drinnen sprach man über die Ängste, die der Satellit ausgelöst hatte. Jemand sagte, eine Frauenstimme: Ich brachte keinen Bissen mehr runter, als ich die Nachricht im Radio hörte.

Sie drückte die Zigarette im Geranienkistchen aus, lachte leise vor sich hin. Die Ängste, da müsste ich längst verhungert sein.

Herr und Frau Held brachten sie im Auto nach Hause. Frau Helds Angebot, vorn zu sitzen, lehnte sie ab, vielen Dank. Herr Held öffnete ihr die hintere Wagentür, die glänzte. Auf der Fahrt strich sie gedankenverloren über den Polsterbezug der Rücklehne. Schmiegsam und fabelhaft im Griff, nicht wahr, hörte sie Herrn Held sagen, und sie glaubte im Rückspiegel zu sehen, dass er ihr einen anzüglichen Blick zuwarf. Beim Abschied kurbelte Frau Held das Fenster bis zur Mitte hinunter und reichte ihr die Fingerspitzen über die Scheibe, von einem zarten Gelb die Handschuhe, einen schönen Abend noch, schlafen Sie gut. Herr Held begleitete sie die Treppenstufen hoch bis zur Haustür.

Es hat uns gefreut, dass Sie heute Abend gekommen sind, wissen Sie, es tut uns Leid, sagte er, Sie sind bestimmt viel allein und haben es nicht einfach, nicht wahr.

Sie lachte, meinen Sie wirklich, auf die Idee bin ich noch nie gekommen. Aber ich danke Ihnen, dass Sie mich nach Hause gebracht haben, das war wirklich nett von Ihnen, vielen Dank.

Seine Hand verweilte eine Spur zu lange auf ihrem Arm. Der Mond stand groß und sehr orange über dem Nachbarhaus.

Im Flur war Licht. Der Telefonhörer baumelte am Kabel, drehte sich leise um sich selbst.

Sie öffnete die Tür zum Kinderzimmer, lauschte hinein, hörte Elsas ruhigen Atem.

Was ist, Sylvie, flüsterte sie. Wer hat angerufen?

Es blieb alles still, aber sie war sich sicher, dass Sylvie noch wach lag.

Sie ging in die Küche, stand am offenen Fenster, zündete sich eine Zigarette nach der anderen an.

In schnellen Stößen blies sie den Rauch in die kalte Nachtluft hinaus. Es war zwei Uhr, als das Päckchen leer war und sie sich endlich hinlegte.

5

Die Klinge in der Hand des Mannes blitzt auf, schabt Schicht um Schicht von dem schimmernden Block weg. Brocken und Krümel sammeln sich auf dem Ölpapier. Rosa-weiß-hellgrün. An der Rückwand der Bude, gespiegelt von makellos geputztem Glas, eine glitzernde Winterlandschaft.

Aufregend.

Verheißungsvoll.

Schon nur der Name.

Die Himalaja.

Der Mann wickelt den Türkenhonig in das Papier.

Fünfzig Rappen, sagt er.

Ohne Lucas anzuschauen reicht er die Tüte über die Theke.

Lucas klaubt Geld aus der Hosentasche, legt es auf den kleinen roten Teppich.

Unschlüssig geht er über den Platz. Er nimmt den Bazooka aus dem Mund, wickelt ihn wieder in das gewachste Kaugummipapierchen und steckt ihn in die Hosentasche.

Spielorgelmusik wird von den Fassaden zurückgeworfen.

Von der Kirche schlägt es ein Uhr.

Lucas sollte jetzt zu Hause sein, und Hunger hat er auch.

Seit Mittag ist er unterwegs. Alle haben sie auf diesen Zeitpunkt hingefiebert, zwölf Uhr, auf das Gebimmel von Sankt Martin, das jedes Jahr die Herbstmesse einläutet, auf den Augenblick, in dem die Bahnen gestürmt werden, besetzt, erobert, ein einziges Gerangel, Schreien und Stoßen.

Die ersten Fahrten waren umsonst, wie jedes Jahr, und wie jedes Jahr war bei der Himalaja-Bahn die größte Keilerei, denn die Himalaja ist die Schnellste, die Begehrteste, sie ist die absolut Größte, da vergeht dir Hören und Sehen. In der Mitte dreht sich eine Kugel aus lauter Spiegelchen. Ihr Widerschein huscht über die Kulisse mit der glitzernden Winterlandschaft, tanzende Schneeflocken, und unvermittelt wird ein blaues Faltdach übergeschlagen, ein Himmelszelt, man kann es mit den Fingerspitzen berühren.

Lucas hat einen Augenblick zugeschaut, als die Bahn sich zu drehen anfing, er hatte Pech gehabt, einfach Pech, er sah, wie der Mann, der später die Fahrscheine entgegennehmen würde, auf dem Rand der drehenden Bahn stand, das war das Größte, einen Fuß vor dem anderen, Schräglage, den Daumen im Gurt, und erst absprang, als die Bahn in voller Fahrt war, Lederhose und das Haar nach hinten gekämmt, einfach ein prima Typ.

Auf dem Karussell hätte es noch Platz gehabt, aber wer geht denn schon aufs Karussell.

Elsa vielleicht.

Lucas tritt von einem Bein aufs andere. Würde doch endlich Helga hinter einer Ecke auftauchen oder aus der Straßenbahn steigen. Er würde sie sofort sehen in ihrem roten Mantel, unter Hunderten von Leuten würde er sie erkennen, sofort.

Gestern hat er gehört, wie sie sich mit ihrer Freundin verabredete. Sie wollten sich um halb zwei hier treffen. Nur ihretwegen hat er sich mit einer fadenscheinigen Ausrede von seinen Kollegen verabschiedet.

Es ist kalt. Frühmorgens stand dichter Nebel in den Straßen, jetzt hat er sich etwas gelichtet. Lucas friert, trotz der wollenen Kniestrümpfe. Die kurze Hose endet knapp über den Knien. Außerdem drücken die neuen Schuhe, obwohl sie eine halbe Nummer zu groß gekauft worden sind. Lucas musste im Schuhgeschäft die Füße in einen hölzernen Kasten stecken. Oben war eine Öffnung, durch die man in den Apparat hineinschauen konnte. Unten sah Lucas seine Füße, das war lustig, er sah die Knochen und jedes einzelne Knöchelchen, und die waren grün, und überhaupt war der ganze Ausschnitt leuchtend grün, auch der Rand der Schuhe, und Lucas konnte sehen, dass bei den Zehen noch viel Platz war.

Die Schuhe drücken auf dem Rist.

Lucas schlendert zur Treppe bei der Kirche, setzt sich auf die oberste Stufe, bricht ein Stück vom Türkenhonig ab. Zuckersüß und zäh klebt der Klumpen am Gaumen, zwischen den Zähnen.

Lucas' Stirn pocht. Heute Morgen ist der Lehrer nach hinten gekommen, er hat Lucas und Martin am Nacken hochgezogen, er hat sie beide nach vorn gestoßen und am Schopf gepackt und die Köpfe drei- oder viermal gegeneinander geschlagen.

Martin hatte Lucas nur das Gedenkalbum zugeschoben und geflüstert, er habe etwas hineingeschrieben.

Drüben bei der Haltestelle klingelt eine Straßenbahn, laut und anhaltend. Alle Leute drehen den Kopf. Lucas kann nicht sehen, ob etwas passiert ist. Nach einer Weile fährt die Straßenbahn weiter. Es ist die Nummer 14.

Die Nummer 14 fährt dorthin, wo Großmutter wohnt.

Großmutter wohnt bei der Tante in einem Reihenhäuschen außerhalb der Stadt.

Großmutter hat ein stoppeliges Kinn. Auf der einen Seite ist ihr Hals ganz dick.

In Großmutters Haus führt eine Holztreppe in den oberen Stock. Wenn Lucas bei Großmutter übernachtet, schläft er in einem Zimmer mit einer blau geblümten Tapete. Manchmal kratzt Lucas mit dem Fingernagel ein Stück weg, nahe beim Bettrand, wo man es nicht sieht. Darunter kommt das schmutzige Weiß des Wandverputzes hervor. Im Winter ist das Zimmer ungeheizt. Die Tante legt vor dem Schlafengehen ein kleines Kissen ins Bett.

Es ist mit Kirschkernen gefüllt und in einer Nische des Kachelofens gewärmt worden. Dort, wo das Kissen liegt, ist das Leintuch warm. Lucas schiebt das Kissen mit den Füßen hin und her, bis die Wärme das ganze Bett ausfüllt. Am Morgen, wenn er erwacht, sind die Kirschkerne kalt.

Jenseits der Wand schläft Alice. Wenn sie nicht schläft, sitzt sie in einem Sessel. Alice muss jeden Tag an die frische Luft. Der Onkel trägt sie hinunter und setzt sie in den Rollstuhl, der bei der Treppe bereitsteht. Die Tante fährt Alice im Rollstuhl spazieren. In der Schule mussten alle Kinder gegen die Kinderlähmung eine rosafarbene Flüssigkeit schlucken, die auf ein Stück Zucker geträufelt wurde. Wenigstens kann Alice atmen, sie hat ja noch Glück gehabt, dass sie nicht in die eiserne Lunge musste wie die anderen Kinder, die Lucas in einer Illustrierten gesehen hat. Die Kinder lagen in diesen Röhren, nur der Kopf schaute heraus. Dort liegen sie Wochen und Monate, eines neben dem anderen. Vom Hals an abwärts liegen sie in dieser Maschine, die ihre Lungen mit Sauerstoff voll pumpt und wieder auspresst, voll pumpt und wieder auspresst, und das Geräusch, ein Keuchen wie ein Blasebalg.

Das Schönste bei Großmutter sind die Kaninchen, die im Garten in einem kleinen Stall wohnen.

Lucas trägt die Kaninchen im Arm und vergräbt sein Gesicht in ihrem Fell, es ist warm und unendlich weich und riecht nach Heu.

Lucas bringt Alice das weiße Kaninchen zum Streicheln.

Wenn eines der Kaninchen fehlt, will Lucas nicht wissen, wo es ist.

Lucas mag es, wenn Großmutter mit ihm zusammen das Fotoalbum anschaut. Die Fotos sind auf dunkelgrauem Karton aufgeklebt. Großmutter setzt sich in ihren Sessel, komm, Lucas, sagt sie und klopft mit der Hand auf die Armlehne, und Lucas setzt sich zu ihr.

Schau hier, sagt Großmutter, das ist dein Papa, da war er zehn Jahre alt.

Ein Gruppenbild, Männer in Turnanzügen, vorn knien ein paar Jungen. Der in der Mitte trägt einen großen Pokal, über seinem Kopf ist mit Tinte ein Kreuz gezeichnet, und das ist Papa. Am Schwebebalken war er der Beste, sagt Großmutter, und hier, ist das nicht ein süßer Bub, Lucas muss lachen, aber in dem Baby, das auf einem Fell liegt, eine blonde Locke fällt ihm in die Stirn, kann er den Vater nicht erkennen. Ein junger Mann mit Schirmmütze beim Schlitteln, ‹Der große Schnee 1931› steht unter dem Bild. Der Mann ist Papa, das sieht man auf den ersten Blick, die junge Frau neben ihm ist eine gewisse Tilli, das hat Lucas schon hundertmal gehört, ach die, sagt Großmutter und macht so eine Handbewegung, als werfe sie Papierschnipsel in die Luft. Auf einer Seite sind zwei Fotos halb weggerissen. Man erkennt noch eine geschwungene Steintreppe, die in einer mit Papierstreifen verklebten Leimwolke endet. Was war da drauf, fragt Lucas, obwohl er weiß, dass es das Haus ist, wo Großmutter früher wohnte. Großmutter tut immer so, als habe sie nichts gehört, ja, ja, er war ein prächtiger Junge, sagt sie, was haben ihm die Mädchen Augen gemacht.

Unter dem Dach im Haus der Großmutter ist ein enger, stickiger Raum. Einmal hat der Onkel gefragt, ob Lucas die Vögel anschauen wolle. Lucas stieg hinter dem Onkel die Treppe hoch. In der Kammer roch es nach Vogelmist, Staub und Sonnenblumenkernen. Die Nachmittagsonne fiel schräg durch ein schmutziges Fensterchen unter dem Giebel. Ein Teil des Raumes war durch einen schweren braunen Vorhang abgetrennt. Der Onkel zog den Vorhang zur Seite. Reihen von Holzkistchen mit einer vergitterten Vorderseite kamen zum Vorschein. In jedem Käfig saß ein Kanarienvogel. Kaum war der Vorhang weg, hüpften die Vögel auf den Holzstäben hin und her und begannen zu singen.

Ihre Flügel sind gestutzt, sagte der Onkel.

Lucas hatte Mitleid mit den Vögeln, er verstand nicht, wie man mit abgeschnittenen Flügeln in einem Käfig sitzen und dazu singen kann. Nach diesem einen Mal schüttelte Lucas heftig den Kopf, als der Onkel ihn fragte, ob er die Vögel anschauen wolle.

Einmal, bei einem Familienfest, erzählte der Onkel einen Witz, den Lucas nicht verstand. Der Onkel schlug sich auf die Schenkel, er lachte, die Adern an seinem Hals schwollen zu dicken blauen Schnüren an.

Sauhund, zischte Mama. Sie fuhr mit der Hand durch die Luft, als wische sie einen Spiegel sauber.

Sauhund, das ist eines der Wörter, die man nur denken darf, nicht aussprechen, oder wenn, dann nur ganz leise. Drei- oder viermal hat der Lehrer die Köpfe gegeneinander geschlagen. Martins Schultern zuckten, als er wieder an seinem Platz saß.

Der Lehrer fuhr mit dem Diktat fort. Lucas tunkte seine Feder ins Fässchen und schrieb: Vor 174 Jahren stieg der Heißluftballon der Gebrüder Montgolfier in den Himmel. Viel später hat Charles Lindbergh zum ersten Mal mit einem Flugzeug den Atlantik von New York nach Paris überquert. Jetzt fliegen täglich viele Flugzeuge von einem Ende der Welt zum anderen. Bald werden die Menschen in Raketen das Weltall erforschen.

Bitte durchlesen, sagte der Lehrer.

Der Spruch, den Martin ins Album geschrieben hat, heißt: Verschlungene Pfade durch Nacht zum Licht, alles nur Gnade, fürchte dich nicht. Neben den vier Zeilen ist eine Zeichnung von Donald Duck. Martin hat die Figur durchgepaust, Lucas weiß das wegen der blauen Linien. Martin kann gut zeichnen, aber so gut auch wieder nicht, Donald

Duck hat er kopiert, das sieht man auf den ersten Blick.

Lucas ist froh, dass er neben Martin sitzen darf.

Martins Vater hat einen Chevrolet und das ist noch nicht alles.

Martin gehört zu den Kindern, die in den Villen rund um den Wasserturm wohnen.

Außerdem gibt es Kinder, die in Reihen-Einfamilienhäusern, und solche, die in Mehrfamilienhäusern wohnen.

Die Villen sind von großen Gärten umgeben. Zwischen schön geschnittenem Buschwerk sind schmale Wege aus Steinplatten angelegt. Liegestühle und Hollywoodschaukeln stehen herum. Die Figuren aus Bronze oder Stein sind moderne Kunst.

Die Reihenhäuser haben gegen die Straße hin einen Vorgarten. Da und dort gibt es winzige künstlich angelegte Weiher mit Seerosen, in denen man im Frühjahr Kaulquappen fangen kann. Hinter den Häusern liegen die Gärten, schmal und lang gezogen. Manche sind durch hohe Hecken voneinander getrennt. Die Ränder der Blumenbeete und Gemüserabatten sind schnurgerade. Auf dem Sitzplatz steht ein Tisch mit vier Stühlen. Im Geräteschuppen werden der Rasenmäher, die Harke, der Gartenschlauch, die Jätekralle, die Gießkanne, der Spaten und die Schneckenkörner aufbewahrt.

Die Wohnungen der Mehrfamilienhäuser haben einen Balkon.

Martin war schon am Meer in Italien.

Alle Jungen möchten gern neben Martin sitzen.

Manchmal springen Leute vom Wasserturm. Man hört dann die Sirenen der Ambulanz oben auf dem Hügel.

6

Elsa sitzt ganz still.
 Die Blätter des Gebüschs sind nass und braun. Im Sommer waren sie grün und fett, und der Busch war Elsas Haus. Unter dem dichten Blätterdach war man vollkommen versteckt. Elisa spielte mit einem grünen Blatt, anderes Spielzeug hatte sie nicht. Sie stach ein Loch in das Blatt und spähte hindurch in den Himmel, ob sie ihre Brüder über dem Dache schweben sähe. Jedes Mal, wenn die warmen Sonnenstrahlen auf die Wange schienen, gedachte sie all ihrer Küsse.
 Manchmal kam Paula dazu. Elsa und Paula schleppten Decken, Geschirr und sämtliche Puppen in den Garten, sie waren eine Familie, die sich vor dem Hochwasser retten musste und auf einem einsamen Berg überlebte. Sie zerzupften Grashalme, legten schlüpfrige Eibenbeeren darauf und taten, als ob es Reis mit Huhn wäre, nichts Köstlicheres gab es in ihrer Vorstellung, sie warfen die Knochen über die Schulter und wischten sich mit dem Ärmel das Fett vom Mund. In der Stunde der Not kam der Hausierer mit seinem Bauchladen vorbei und verkaufte alles, was es zum Überleben brauchte, Schnürsenkel und Topflappen, Seife und Shampoo.

Wenn sie zum Abendessen gerufen wurden, blieben sie sitzen und flüsterten miteinander. Erst beim dritten Mal, wenn Mamas Stimme ärgerlich klang, krochen sie unter dem Busch hervor, und Paula rannte nach Hause. Es war schon dunkel, die Maikäfer surrten im Kastanienbaum. In Elsas Kleidern hing der Geruch von Erde und Gras. Später saßen alle bei Tisch und schwatzten und lachten. Nur wenn im Radio die sechs Töne hintereinander kamen, musste man still sein, weil Papa die Nachrichten hören wollte.

Mama will selten Nachrichten hören.

Manchmal, wenn Mama glaubt, niemand sehe es, drückt sie die Hände an die Schläfen, als wolle sie nichts hören. Schließt die Augen, als wolle sie nichts sehen.

Elsa weiß, wie es ist, wenn man nichts hört. An einem Morgen im Kindergarten war Elsa ein armes Kind.

Elsa konnte nicht sprechen.

Elsa konnte nichts hören.

Das Fräulein schimpfte mit ihr. Wie kannst du dich nur über so etwas lustig machen!, sagte sie und verzog ihr Gesicht vor Abscheu.

Aber Elsa wollte sich gar nicht lustig machen. Sie wollte nur wissen, wie es ist, wenn man nichts hört.

Manuel war der Einzige, der mitspielte. Sie verständigten sich durch Zeichen. Elsa legte die Hand auf die Brust, zeigte mit ausgestrecktem Zeigefinger auf Manuel und dann in den Himmel.

Manuel begriff sofort. Er breitete die Arme aus und flog.

Manuel hat blonde Locken.

Du trägst einen Stern auf der Brust, sagte Elsa.

Manuel lachte. Und du hast einen Mantel aus goldenem Licht, erwiderte er.

Elsa war schon bei Manuel zu Hause.

Bei Manuel zu Hause riecht es gut. Es riecht nach Tabak. Bei manchen Kindern riecht es eigenartig. Muffig. Nach Kohl. Nach Hundefutter. Ungelüfteten Kleidern. Meerschweinchen.

Oder es ist einfach der Diese-Leute-Geruch, den Elsa nicht mag.

Auch an dem Tag, als das Fräulein im Kindergarten böse war, verkroch Elsa sich unter dem Busch. Paula kam nicht. Sie hatten sich tags zuvor gestritten. Das Theaterstück hieß ‹Die Krönung der Königin›. Paula siegte wegen ihrer dämlichen blonden Locken. Sie bekam einen Schleier umgehängt und eine Krone aufgesetzt. In der einen Hand trug sie einen Apfel, in der anderen einen Kochlöffel, und sie glaubte, sie schreite sehr feierlich über den Rasen. Elsa durfte nur den Schleier tragen. Dabei hat Paula X-Beine und ihr Mund steht immer ein wenig geöffnet.

Wie bei Alfred im Kinderheim.

Bei ihm hängt dazu noch die Zunge heraus. Sie ist dick und furchig.

Armer Alfred, sagt Mama immer, wenn sie zusammen die Ferienfotos anschauen. Darauf ist Alfred zu sehen, mit seinen schrägen Augen, dem offenen Mund mit der heraushängenden Zunge und mit einem Sonnenhütchen.

Aber Alfred ist nicht arm.

Alfred lacht immer.

Alfred ist das lustigste von allen Kindern im Kinderheim.

Von den Ferien im Kinderheim gibt es noch andere Fotos.

Auf einem sitzen Kinder in einer Reihe. Sie tragen eine Brille mit kleinen dunklen Gläsern. Sie haben das Gesicht erhoben und schauen hinauf. Elsa weiß wohin. Über ihnen ist die Lampe mit dem roten Licht, das gesund ist für alles. Einmal am Tag müssen alle Kinder im Kinderheim unter die Lampe. So werden sie groß und stark.

Das dritte von links bist du, sagt Mama.

Und das?, fragt Elsa.

Das ist Armin mit dem Wasserkopf, sagt Mama.

Und das?, fragt Elsa.

Das ist Johanna, die hatte einen schlimmen Husten, sagt Mama.

Bei ihr hat die Lampe nicht geholfen, denkt Elsa.

Weil dort manche Kinder husten und andere wiederum sehr eigenartig sind, geht Elsa lieber zur Großmutter als ins Kinderheim.

Großmutter ist lieb. Manchmal benimmt sie sich zwar merkwürdig.

Sie sagt zum Beispiel: Oh, wie dumm, jetzt sind alle Knöpfe auf den Boden gefallen. Elsa, bitte heb mir die Knöpfe auf.

Elsa kann nichts sehen, da sind keine Knöpfe, aber sie tut, als ob da etwas wäre. Sie kniet sich hin, streicht unter dem Tisch mit der Hand über den Boden. Sie öffnet die geschlossenen Hände über Großmutters Schoß, hier, Großmutter, ich habe die Knöpfe aufgesammelt, sagt sie, und Großmutter ist zufrieden, danke, Elsa, du liebes Kind, und Elsa geht schnell aus dem Zimmer und an der Tür mit den aufgehängten Bastblumen vorbei. Es ist das Zimmer von Alice, und dahinein mag Elsa nicht gehen. Alice kann die Beine nicht bewegen, und ihre Arme sind seltsam verbogen. Ihr Kopf hängt schräg wie bei einer Stoffpuppe, deren Hals nicht gut gestopft ist. Elsa weiß nicht, was sie mit Alice reden soll, also lässt sie es lieber bleiben und geht schnell die Treppe hinunter und in die Küche. Dort steht im zweiten Regal rechts im Küchenschrank die Büchse mit dem Kandiszucker. Der Zucker sieht aus wie kleine braune Steinchen. Die Steinchen haben scharfe Kanten und schmecken malzig.

Bei Großmutter ist es am schönsten im Sommer. Hinter dem Haus ist ein Garten. Dort wachsen Aprikosen, Stachelbeeren und Stauden mit Blüten, die wie Papageien aussehen. In einem kleinen Stall wohnen die Kaninchen. Elsa darf sie streicheln und füttern, nur das weiße nicht, aber gerade das weiße streichelt Elsa am liebsten. Alice hat ihr verboten, es zu berühren. Das weiße gehört mir allein, hat sie gesagt. Elsa ist froh, dass es das weiße ist und dass Alice Alice heißt, so stimmt die Geschichte. Geschichten, die nicht stimmen, mag Elsa nicht. Bei der Geschichte mit Großmutter und den Knöpfen stimmt etwas ganz und gar nicht, aber Elsa weiß nicht warum. Wenn im Sommer die Sonne auf den Garten brennt, kann Elsa das Gras riechen, die Rinde der Obstbäume, die Erde unter dem warmen Kies. Neben dem Geräteschuppen steht eine Tonne. Das Wasser darin ist dunkelgrün, obenauf schwimmen kleine Tierchen. Elsa darf mit einer Spritzkanne Wasser holen und die Blumen gießen. Jede Blume hat einen Namen. Guten Morgen, Frau Rosenschön, sagt Elsa, wie geht es Ihnen heute, und Sie, Frau Malvenfein, haben Sie gut geschlafen. Die Blumen nicken mit dem Kopf. Du liebes Kind, sagen sie, vielen Dank, dass du uns Wasser bringst.

Einmal fand Elsa eine Blindschleiche.

Der Onkel schlug sie mit der Schaufel tot.

Großmutter hört nicht gut. Man muss sehr laut mit ihr sprechen.

Elsa möchte wissen, ob Großmutter sich rasiert.

Elsa zieht die Beine eng an sich. Sie zittert vor Kälte. Das Fenster von Mamas Schlafzimmer ist geschlossen. Die Vorhänge sind zugezogen.

Was ist nur mit Mama?

Warum hat sie Pillen geschluckt?

Am Morgen stand ein Glas Wasser auf dem Nachttischchen, zwei Tabletten mit einem eingeritzten Kreuz lagen daneben. Am Mittag war das Glas leer und die Tabletten waren weg.

Schon gestern Abend stimmte etwas nicht. Mama wartete nicht bei der Haltestelle, um Elsa abzuholen. Elsa kam von der Tanzstunde. Sie durfte das Menuett anführen. Roter, gelber, lila Stoff wirbelte herum. Die Sohlen der Gymnastikschuhe zirpten auf dem Parkett. Am Ende verbeugte Elsa sich sehr zierlich vor der Lehrerin, Elisa hätte es nicht besser gekonnt.

Auf dem Heimweg fuhr die Straßenbahn am Platz vorbei, wo jetzt die Buden und Bahnen für den Jahrmarkt aufgebaut sind.

Das Karussell stand still. Eine Zeltplane war rundherum gespannt.

Dahinter schliefen die Pferdchen. Es gibt schwarze und weiße. Sie wippen an einer Stange auf und ab, wenn das Karussell sich dreht.

Auch die kleinen Flugzeuge standen still. Die Bahn sah aus wie eine riesengroße Spinne mit langen silbern glänzenden Beinen.

Die Bretterverschläge der Buden waren hochgeklappt.

Alles war still und unheimlich.

Als Elsa aus der Straßenbahn stieg, war es schon dunkel. Dicker Nebel stand in den Straßen, und Mama war nicht da, um sie abzuholen. Elsa rannte nach Hause. Dort, wo die Straßenlampen Lichtkegel warfen, war der Nebel gelb.

Als Elsa heimkam, war Mama eigenartig. Sie sei sehr müde, sagte sie, und es gab keine Gutenachtgeschichte. Ohne Gutenachtgeschichte aber kann Elsa nicht einschlafen.

Die Gutenachtgeschichte ist ein Pfad, der vom Tag in die Nacht hinüberführt. Immer sitzt Mama bei Elsa auf dem Bett und liest aus einem Buch. Elsa hört den Sätzen zu, den Worten, am Ende ist es nur noch ein Gemurmel, ein Raunen, und Elsa gleitet der Spur von Mamas Stimme entlang in den Schlaf.

Manchmal erfindet Mama die Geschichten auch selbst. Wenn Mama bügelt, holt Elsa ihr kleines Stühlchen. In einem Korb liegt die zerknitterte Wäsche. Mama legt die Kleidungsstücke auf das Bügelbrett. Sie fährt mit dem Bügeleisen hin und her, hin und her und erzählt lustige Geschichten von Kindern, die große Abenteuer erleben, weil sie von zu Hause weggelaufen sind. Elsa sitzt auf dem Stühlchen und hört zu. Die gebügelten und gefalteten Kleider stapelt Mama auf dem Küchentisch.

Am Ende der Geschichte kommen die Kinder wieder heil und unversehrt nach Hause und sind glücklich.

Die Geschichte ist zu Ende, wenn der Korb leer ist.

Mama nimmt die schön gebügelte Wäsche und legt sie in die Schränke.

Alles hat seinen Platz.

Die Leintücher gehören in den Wäscheschrank.

Die Blusen und Schürzen und Hemden gehören in die Kleiderschränke.

Die Tischtücher gehören in den Schrank im Wohnzimmer, ganz unten.

7

Es war zwei Uhr, als das Päckchen leer war und sie sich endlich hinlegte. Sie sehnte den Schlaf herbei, aber er wollte nicht kommen, wie so oft in letzter Zeit, obwohl die einsamen Nächte die ruhelosen abgelöst haben.

Auch daran gewöhnt man sich, er liege die ganze Nacht schlaflos, sagte er, und wenn sie aufwachte, nahm sie seinen heftigen Atem neben sich wahr, hörte seine Schritte in der Wohnung, wie er die Tür öffnete und wieder schloss. Sie merkte es, seine Wirklichkeit löste sich auf, das zögerliche Auf- und Zugehen der Tür, es war nicht das erste Mal. Er hüllte sich in seinen Mantel, Blicke prallten daran ab wie kleine Bälle, Gummibälle. Dann legte sich allmählich eine Maske über sein Gesicht, hauchdünnes Metall, den Gesichtszügen entlang, fein gehämmert, an den Mundwinkeln und auf der Stirn ziseliert. Sie lag steif im Bett, lauschte seinen Schritten nach und riss sich die Nagelbetten blutig.

Lucas und Elsa taten unbekümmert. Sie haben mit ihm geplaudert, ihm Zeichnungen gebracht, schau hier, Papa, ein Pferd, ein Flugzeug! Eine Landschaft. Riesenblumen und kleine Häuser mit Kaminen, aus denen gekräuselter Rauch steigt. Der Osterhase mit einem Korb randvoll mit Eiern.

Elsa versuchte, ihn mit Grimassen zum Lachen zu bringen. Sie zerrte die Mundwinkel mit den Fingern auseinander und schielte, sie drückte die Nase platt, stülpte die Lippen nach vorn, zog die Stirn kraus.

Manchmal nahm er Elsa mit, wenn er auf dem Fahrrad wegfuhr. Er tat es gegen ihren Willen, sie ängstigte sich, aber Elsa bestand darauf, ihn zu begleiten, da half keine Widerrede.

Elsa kommt und geht, wie es ihr passt. Sie sagt, sie sei auf dem Spielplatz, aber sie lügt. Wenn sie nach Hause kommt, sind die Schuhe schmutzig, und in den Kleidern hängen Kletten.

Elsa, das Nesthäkchen. Gezeugt in der Nacht, die, wie das ärztliche Bulletin in der Zeitung bescheinigte, für den kranken King George VI. von Großbritannien eine ruhige war, während die Journalisten, die im Presseraum des Weißen Hauses im Fernsehen das Spiel Brooklyn Dodgers gegen die New York Giants verfolgten, aufgeschreckt wurden durch die Nachricht, die Russen hätten eine Atombombe gezündet. Ein Unfall, das Diaphragma war verrutscht, die Spülungen hatten offensichtlich nichts genützt. Lucas fand sich staunend, fast widerwillig mit dem Neuankömmling ab. Scheinbar unberührt stand er am Bettchen und betrachtete das Baby mit skeptischem Blick, als erkunde er, ob dieses Wesen etwas mit ihm zu tun haben könnte.

Freust du dich denn nicht über dein Schwesterchen?, fragte sie.

Ich hätte lieber ein Kaninchen gehabt, sagte er.

Einmal stand er in der Tür, als sie Elsa stillte. Das Baby lag dösend an ihrer Brust, saugte hin und wieder, schon damals war Elsa unendlich träge, was das Essen betraf. Sie hob den Kopf, Lucas schaute sie an, das Blut schoss ihm ins Gesicht.

Später fand sie ihn über ein Lexikon gebeugt. Er studierte die anatomischen Bilder, die Schicht um Schicht aufgeklappt werden können, die Haut, die Muskeln, die Eingeweide, das Skelett.

Lucas beachtet Elsa kaum.

Zwischen Sylvie und Elsa aber haben sich unsichtbare Fäden gesponnen, es ist mehr als schwesterliche Zuneigung. Sylvie fühlt sich verantwortlich für Elsa, sie gibt sich so erwachsen, es hängt zu viel an ihr, und doch ist sie verträumt, hängt immer nur irgendwelchen Gedanken nach. Einmal eine Reise mit Sylvie machen, nur sie zwei, das wäre wunderbar.

Wien. Die Oper, ‹Figaros Hochzeit› vielleicht. Frühstück bei Demel. Der Prater. Die Spanische Reitschule! Es könnte aber auch Prag sein, das Schloss über der Moldau, einzigartig, die Sankt-Veits-Kathedrale mit den wunderbaren Mucha-Fenstern, die Karlsbrücke!, der Altstädterring!, aber dahin zu fahren, hinter den Eisernen Vorhang, man stelle sich das vor, nur schon die Reiseformalitäten, und dann, man weiß ja, wie die Kommunisten die Menschen behandeln.

Was in Ungarn passierte, ist schlimm, genau ein Jahr ist es her, die Leute können einem wirklich Leid tun. Frau Egerszegi sieht so blass und zerbrechlich aus. Sie hält die Augen gesenkt, wenn man mit ihr spricht. Neulich ist sie im Lebensmittelladen mit verstörtem Blick vor den Regalen gestanden, ja natürlich, kein Wunder, dieses Angebot hier, dort drüben konnte man ja froh sein, wenn das Nötigste vorhanden war, immer nur Graupensuppe und Eingemachtes. Ein Glück, dass die Egerszegis diese Wohnung bekommen haben, es ist ihnen zu gönnen. Ihre beiden Töchterchen mit dem blassen Teint sind kleine Schönheiten, vor allem Helga, die ältere. In der Straße wurde für die Familie gesammelt, jemand kam mit einer Kasse vorbei, eine Blechbüchse mit einem roten Kreuz auf dem Deckel, man konnte auch Kleider spenden und Schuhe, sie hat ein paar von Sylvies Kleidern und den roten Mantel gegeben. Die Fotos in der Zeitung damals, weinende Frauen und die Panzer in den Straßen von Budapest, zerstörte Häuserfassaden. Die Bilder der ersten Flüchtlinge am Grenzübergang, kleine Koffer in der einen, ein Kind an der anderen Hand. Später Fotos von Männern in Maßanzügen, die sich die Hände schütteln. Die Weilemann wird nicht mehr gegrüßt, weil ihr Mann in der Kommunistischen Partei ist. Lucas sagt, Filip werde von den Kindern gehänselt, sein Vater sei eine Kommunistensau. Letzte Woche sperrten sie Filip in das Loch hinter dem Brunnen und legten ein Gitter darüber. Seine Mutter suchte ihn, es war schon spätabends. Sie läutete an der Haustür, wissen Sie, wo Filip ist, ihr Gesicht war weiß, sie schrie beinahe, man konnte ihre Angst förmlich riechen, der Geruch der Mütter, wenn sie sich um ihre Kinder ängstigen. Lucas führte Frau Weilemann zum Loch, niemand verstand, weshalb Filip nicht um Hilfe gerufen hatte, und keiner wollte dabei gewesen sein. Was geht es die Leute an, die Frau hat keinem etwas getan, sie sollen vor der eigenen Tür wischen, blind auf einem Auge sind sie alle. Der Fankhauser war ein Fröntler, aber davon spricht niemand mehr, im Gegenteil, Herr Professor hinten, Herr Professor vorn, Arschkriecher allesamt. Aber woher der Luftzug jetzt, unentwegt schlagen Türen auf und zu, der Lärm ist unerträglich, und dieser stechende Schmerz hinter der Stirn. Sekundenschnell blitzt ein Bild auf, ein großes Wasser, still wie hingegossenes Blei, Schwäne lassen sich reglos treiben, darüber flirrt die Hitze wie eine Membrane, aber ihr ist kalt, das Fenster steht weit geöffnet, und wenn sie nachts aufwachte, spürte sie seinen heftigen Atem neben sich, hörte seine Schritte in der Wohnung, das Schlurfen bis zum Morgengrauen, und bei Tisch hüllte er sich in seinen Mantel aus Schweigen.

Wo ist er, wenn er unverwandt in eine Ecke starrt, was sieht er, mit wem unterhält er sich, wenn er die Lippen bewegt? *Die Brücke schwingt sich leicht und kräftig über den Strom, sie verbindet nicht nur schon vorhandene Ufer.* Was aber ist auf der anderen Seite, und wie lange wird das Geld noch reichen? Fünf Wochen vielleicht oder sechs, so lange wird sein Gehalt ausbezahlt, und wenn sie die Arbeit nicht bekommt, was dann, aber zur Fürsorge gehen, niemals.

Der Personalchef musterte sie von oben bis unten. Wollen Sie sich nicht setzen? Ihre Qualifikationen sind genügend, aber haben Sie Referenzen, sagte er, wir haben sehr viele Anfragen, wissen Sie, auch von jüngeren Bewerberinnen. Wir werden Ihnen Bescheid geben.

Darf ich Sie darauf aufmerksam machen, dass Sie eine Laufmasche im Strumpf haben, sagte die Vorzimmerdame lächelnd, als sie das Chefbüro mit schnellen Schritten verließ, der Spannteppich gab hochflorig nach.

Sie wusste, ihre Chancen waren augenblicklich gesunken. Mindestens dreißig Prozent Ihres Aussehens hängen von der Wirkung eleganter Strümpfe ab, Madame. Nylon strafft zwanglos alles Störende! Nehmen Sie also das Angebot wahr, Madame, tragen Sie Nylon, die anderen siebzig Prozent kriegen wir auch noch hin, wäre ja gelacht, Deutsch, Französisch, Englisch in Sprache und Schrift und nach

Diktat, auch die Rechenmaschine beherrscht man selbstverständlich, wir wollen ja nicht Trübsal blasen wie das Fräulein, das nie lachte bis zu jenem Tag, als es die neue Facta bekam, und die wollte es nie mehr hergeben!, und auf der Schreibmaschine 200 Anschläge pro Minute auf die Tasten gehauen, was will man denn noch mehr. Aber wenn sie die Arbeit nicht bekommt, was dann. So sei es eben, sie wird so tun als ob, lieber gar nichts als ein kümmerliches Weihnachtsfest. So tun als ob, darin ist man Meister, das hat man gelernt, sich nur ja nichts anmerken lassen, auf die Zähne beißen, Unkraut verdirbt nicht und, hilf dir selbst, so hilft dir Gott, möge dieser Kelch an mir vorübergehen, ein frommer Wunsch, und nein, nach Brosamen bück ich mich nicht, après nous le déluge.

Das Plätschern in der Heizung, das Rauschen, wer hält denn das aus.

8

Sylvie wartet am Straßenrand. Idiot, mach doch selbst die Augen auf.

Sirengeheul nähert sich, wird lauter, eine Ambulanz biegt um die Ecke, Blaulicht, die Straßenbahn hält mitten auf der Kreuzung, der Verkehr steht für einen Augenblick still.

Als sie kamen, um Vater zu holen, stand Sylvie am Fenster und schaute zu, wie er in den Krankenwagen stieg und wie das Auto wegfuhr. Die Rücklichter spiegelten sich im Asphalt, Wasser spritzte aus den Pfützen hoch, nach heftigen Unwettern hatte es die ganze Nacht über geregnet, ein Gewitter im September, das war ungewöhnlich. In den Nachbarhäusern zogen sich Schatten von den Fenstern zurück, senkten sich sachte die Gardinen, wurden zurechtgezupft.

Wohin geht Papa, fragte Elsa.

In die Klinik, dort machen sie ihn wieder gesund, sagte Mutter.

Gesund, sagte Elsa, hob die Arme, drehte eine Pirouette, warum, er ist doch gar nicht krank, sonst hätte er Fieber und würde im Bett liegen.

Er ist nicht eigentlich krank, sagte Mama. Er ist nur sehr müde im Kopf und muss sich ausruhen.

Wann kommt er wieder nach Hause?, fragte Elsa.

Bald, sagte Mutter, und wisst ihr was? Wir fahren übers Wochenende weg und bleiben zwei Tage länger.

Sylvie protestierte. Die Schule schwänzen? Kommt nicht in Frage.

Ich schreibe euch eine Entschuldigung, sagte Mutter. Zwei Tage, was ist das schon. Du kommst mit.

Es gab keine Widerrede.

Sylvie begriff, wie es gemeint war, und sie ging mit. Sie fuhren nach Locarno, bezogen in einem kleinen Hotel am See ein Zimmer mit einem Doppelbett und zwei Einzelbetten, jede Nacht durfte ein anderes Kind bei Mama schlafen. Sylvie lag neben Mutter im Bett, Mama, flüsterte sie, ich kann auch nicht schlafen, es wird bestimmt alles gut, nicht wahr. Ja, sagte Mutter, bestimmt wird alles gut, es gibt immer einen Ausweg. Sylvie rollte sich hinüber, legte den Arm um Mutter, spürte, wie ihre Brust sich hob und senkte und den regelmäßigen Atem auf ihrem Handrücken.

Es waren wunderbare Tage. Sie mieteten ein Ruderboot, schwammen im See, sie fuhren mit dem Dampfschiff nach Brissago und mit der Sesselbahn auf den Berg, hinter dem Dunst gegen Süden lag Italien, und das war ganz nah. Sie saßen unter Palmen und aßen Eis, auf dem Schaumhäubchen des Cappuccinos lag, wie hingepustet, ein Hauch von Schokoladepuder. Die ganze Zeit über war Mutter heiter und gelassen, Elsa und Lucas stritten sich kein einziges Mal, Sylvie trank ihr erstes Bier und der junge italienische Kellner im Hotel machte ihr schöne Augen. Sie war sonnendurchtränkt und strotzte vor Gesundheit, als sie dem Lehrer am Mittwochmorgen den Zettel mit dem Grund für ihre Absenz, eine schwere Magen-Darmgrippe, in die Hand drückte. Am Nachmittag traf sie Ben, und es fiel ihr ein, dass sie kein einziges Mal an ihn gedacht hatte.

Der Sirenenlärm verliert sich zwischen den Häusern. Die Leute stehen. Die Autos fahren. Die Straßenbahn klingelt. Ein Schwarm Tauben flattert hoch, zieht einen weiten Kreis und senkt sich wieder auf ein Dach, und Sylvie hofft inbrünstig, dass das Musikgeschäft noch geöffnet ist. Heute Morgen hat sie in der Schule gesagt, sie werde den neuesten Musik-Hit zur Party mitbringen, beiläufig nur, aber alle haben es gehört. Das Versprechen muss eingelöst werden, welche Schmach, wenn sie heute Abend ohne die Schallplatte erschiene, sie müsste sich irgendwelche Ausreden zurechtlegen.

Sie könnte sagen: Ich hatte kein Geld bei mir.

Mit der flachen Hand an die Stirn schlagen, die Platte, och, habe ich total vergessen.

Keine Zeit, ich musste dringend nach Hause.

Vater ist im Irrenhaus.

Mutter liegt krank im Bett.

Maikäfer, flieg.

Der Tag hat ohnehin schlecht begonnen. Was ist nur los mit Mutter. Heute Morgen hat sie Tabletten geschluckt. Das kommt selten vor.

Lucas merkte nichts von alldem. Er packte schnell seine Schulsachen ein, stürzte einen Becher Milch hinunter und weg war er.

Sylvie musste sich beeilen und kam trotzdem zu spät zur Schule.

Sylvie muss sich immer beeilen, die Ampel schaltet auf Grün, Sylvie rennt, erwidert flüchtig das Lächeln der Masina beim Kinoaushang.

Ciao Giulietta!

Die Kirschaugen.

Das unschuldige Lächeln.

Sylvie hat sich den neuen Film des jungen italienischen Regisseurs mit zwei Freundinnen angeschaut, ‹Le notti di Cabiria›. Die Frau an der Kasse hat sie eingelassen, ein Foulard, die Schuhe mit den hohen Absätzen, das genügte. Der Film war traurig. Sylvie fand es empörend und schändlich, wie Cabiria behandelt wurde. Wie konnte sie nur so dumm und gutgläubig sein! Ihr Haus und all ihr Geld hat sie diesem Gauner d'Onofrio gegeben, der sie zum Dank dafür umbringen wollte. Aber wie die Masina das gespielt hat, das war großartig, darin waren sich alle drei einig.

Nach dem Kino gingen sie noch etwas trinken.

Kommst du auch, fragte Kathrin, beinahe als hoffte sie, Sylvie würde nein sagen. Sie saßen bei

Huguénin an einem runden Tischchen, tranken heiße Schokolade, sprachen über den Film. Kathrin rauchte. Sie sog den Rauch tief ein, blies ihn aus dem aufgestülpten Mundwinkel schräg in die Luft. Als Sylvie fragte, was ist ein Zuhälter, sagte Kathrin, Dummerchen, das ist der Beschützer der Nutte und für ihn arbeitet Cabiria. Bemerkenswert, wie Kathrin so leichthin das Wort Nutte in den Mund nahm. Kathrin sagt auch Worte wie vögeln oder Schwanz, ohne dabei rot zu werden. Kathrin kennt sich aus. Sie weiß die Titel der neusten Bücher, die Namen der Künstler, die gerade in den Galerien der Stadt ausstellen, die neusten Musik-Hits. Sie war es, die sagte: Kennt ihr den neuen Böll schon, den müsst ihr unbedingt lesen. Kathrin ist die Einzige, die sich nach der Turnstunde bis auf die Unterhosen auszieht.

Sylvie brach früh auf, zögerlich. Die beiden anderen würden über sie reden, kaum hatte sie das Lokal verlassen, sie wusste es, beste Freundinnen hin oder her, und nur deswegen war sie noch mit ins Café gegangen.

Dabei sein ist alles.

Du entfernst dich aus einer Mädchengruppe und wirst enthauptet. Gehäutet. Ausgeweidet. Zerfetzt.

Sylvie weiß es aus eigener Erfahrung. Jetzt war sie an der Reihe, sie war noch nicht einmal in den Mantel geschlüpft, als die beiden anfingen über sie zu klatschen, sie sah es an ihren Blicken.

9

Elsa schaut hinauf zum ersten Stock.

Das Fenster des Schlafzimmers steht weit geöffnet.

Ob Sylvie nach Hause gekommen ist?

Sylvie ist lieb. Elsa ist froh, wenn Sylvie zu Hause ist. Aber in letzter Zeit benimmt Sylvie sich merkwürdig. Schreit ohne Grund. Schließt sich stundenlang im Badezimmer ein. Einmal hat Elsa gesehen, wie Sylvie sich vor dem Spiegel Härchen auszupfte, die Zunge unter die Oberlippe geschoben.

Manchmal steht Sylvie mit Ben vor der Haustür.

Ben lehnt sich an sein Fahrrad.

Sie küssen sich.

Elsa hat auch schon gesehen, wie zwei im Maisfeld sich küssten.

Das Maisfeld war groß wie eine Stadt. Auf schmalen Pfaden schlichen die Kinder durch das Feld. Die Blätter raschelten im Wind. Die braun verdorrten Stauden wuchsen in den Himmel, der dunkelblau war. Niemand durfte sprechen, die Kinder gaben sich Zeichen. Wenn aber plötzlich ein Kind durch die knackenden Stauden brach, erschrak Elsa.

Der Mann lag auf der Frau. Er bewegte sich hin und her. Das Kleid der Frau war hochgeschoben.

Ein Schuh der Frau lag etwas abseits.

Die beiden bemerkten Elsa nicht, weil sie sich gut versteckt hatte. Bevor Elsa sich wegschlich, kickte sie den Schuh zwischen die Stauden, sie stieß nicht allzu fest, aber der Schuh war nicht mehr zu sehen.

Sylvie und Ben stehen immer beim Küssen.

Neulich hat Sylvie Elsa ins Kino eingeladen. Der Film handelte von einem Jungen und einem roten Ballon. Die dumme Mutter des Jungen ließ den Ballon aus dem Fenster fliegen, aber der Ballon folgte dem Jungen überallhin. Das war ein Wunder! Die anderen Jungen warfen Steine, der Ballon zerplatzte, aber da kamen plötzlich viele bunte Ballons zu dem Jungen herangeflogen, er hielt sich an den Schnüren fest und die Ballons hoben ihn hoch und trugen ihn fort, immer weiter in den Himmel hinauf, und Elsa war, als flöge sie selbst in den Himmel, als entferne sich der Boden unter ihr, und sie spürte ihr Herz klopfen vor Freude. Es war das erste Mal, dass Elsa im Kino war. Der Film hieß ‹Le ballon rouge›, das klingt ähnlich wie oh moscheri.

Oh moscheri sagte das Mädchen im Kinderspital, mindestens zehnmal am Tag. Das Mädchen hieß Isabelle. Sie lag im Bett neben Elsa. Isabelle zupfte am Leintuch, sie knetete ihr Kissen und seufzte und verdrehte die Augen und sagte immerzu oh moscheri. Elsa dachte, Isabelle müsse eine schreckliche Krankheit haben. Elsa konnte hundertmal oh Leistenbruch sagen, es klang nicht annähernd so interessant.

Sie konnte Isabelle nicht nach der Krankheit fragen, weil das Mädchen französisch sprach.

Papa holte Elsa im Krankenhaus ab, nachdem die Krankenschwestern ihren Schokolade-Osterhasen gegessen und die Ärzte ihr den Bauch zusammengenäht hatten, es war ein heller, klarer Frühlingstag. Mit der Fähre fuhren sie ans andere Ufer. Elsa saß neben Papa auf der schmalen Holzbank, das Wasser rauschte und gurgelte, und Elsa erzählte von Isabelles schrecklicher Krankheit.

Papa sagte, wahrscheinlich habe Isabelle sich nach ihrem Schatz gesehnt. Er hatte den Arm um Elsas Schulter gelegt, die Tasche mit Elsas Sachen stand zu ihren Füßen. Sie stiegen aus der Fähre und gingen die Treppe hoch zum Münster und an den Männlein vorbei, die kopfunter auf dem Lebensrad liegen, und an den törichten und den guten Jungfrauen vorbei. Das Beste aber kam gleich um die Ecke, die zwei Engel, die den Helm schwebend über den Kopf des Ritters Georg halten. Im Flüsterbogen horchte Elsa in die kühlen Steinfugen hinein und verstand alle Worte, die ihr Papa auf der anderen Seite des Portals zuraunte. Sie gingen über den Münsterplatz, der Kies knirschte unter ihren Füßen, den Rheinsprung hinunter und stiegen auf der anderen Seite die Treppe hoch, drei Stufen vier Schritte, drei Stufen vier Schritte. Elsa versuchte im

Rhythmus zu gehen, aber es gelang ihr nicht. Der Takt gelingt ihr nie im Totengässlein, weil ihre Beine zu kurz sind. Und sie kamen am Brunnen vorbei mit dem Rehlein und den Pferden und der nackten Frau mit den langen roten Haaren.

Die aber kniet auf dem Boden.

In den Händen trägt sie einen Teller.

Und auf dem Teller ist ein abgeschnittener Kopf.

Immer hielt Papa Elsas Hand fest und sie redeten miteinander, und Elsa war glücklich.

Als aber die böse Königin den Kindern nur Sand in einer Teetasse gab und sagte, sie könnten tun, als ob es etwas wäre, da wussten die Kinder, dass es nicht immer so bleiben würde.

Elsa erhebt sich. Sie geht ums Haus und die Treppe hoch.

Sylvie?

Kein Wort kommt durch den Korridor geflogen.

Elsa stößt leise die Tür zu Mamas Zimmer auf.

Sylvie ist noch nicht nach Hause gekommen, sagt Mama. Wo warst du? Die Nachbarin ist hier gewesen. Sie war böse, weil du einfach weggelaufen bist.

Die Nachbarin ist blöd, sagt Elsa. Sie ist unmenschlich blöd. Ich geh nie mehr zu ihr. Ich hab Hunger.

Elsa kann Mama nicht erklären, dass sie weggelaufen ist, weil die Frau ihr nur Sand in einer Teetasse gegeben hat. Davon wird man ja nicht satt, auch wenn man so tut.

In der Küche schneidet Elsa sich ein Stück Brot ab und streicht Butter darauf, fingerdick. Streut Zucker darüber, unmenschlich viel.

Sie legt das Brot auf die Garderobeablage, nimmt ihr Mäntelchen vom Haken und zieht die Schuhe an. Das Binden der Schnürsenkel geht ihr seit einiger Zeit leicht von der Hand.

Elsa mag die Schuhe nicht. Sie sind braun und klobig. Früher gehörten sie Lucas. Viel lieber hätte sie die schwarzen Lackschuhe mit der goldenen Schnalle gehabt, die wochenlang im Schaufenster beim Markplatz standen, aber die waren zu teuer. Was willst du mit Lackschuhen, hat Mama gesagt.

Die Wollstrümpfe sind braun und kratzen.

Das Mäntelchen ist braun. Die Knöpfe sind golden.

Der Kragen des Mäntelchens ist aus dunkelbraunem Samt. Wenn Elsa das Gesicht zur Seite neigt und die Schulter hochzieht, spürt sie den weichen Stoff auf der Wange.

Elsa stellt sich vor den großen Spiegel.

Tztztz, sagt sie mit der Stimme der Nachbarin, so ein freches Kind.

Sie nimmt das Butterbrot und den Kellerschlüssel vom Haken.

Mama, ich geh zu Paula!, ruft Elsa. Sie hat gefragt, ob ich mit ihr spiele.

Komm nach Hause, bevor es dunkel wird, sagt Mama. Und pass auf dich auf.

10

Eine Stimme erregt Lucas' Aufmerksamkeit. Vor einem der Wohnwagen steht ein Ausrufer. Er ruft: Eine Sensation! Kommen Sie! Schauen Sie! Nur einen Franken, Kinder die Hälfte!

Es ist ein Viertel nach eins. Helga kommt bestimmt noch nicht. Lucas zählt sein Geld. Wenn er Helga zu einer Fahrt auf der Himalaja einlädt, bleiben ihm noch zwei Franken und siebzig Rappen übrig. Das würde noch für die Flugzeuge und sogar für einen Lebkuchen reichen. Er hat sechs Franken bekommen vom Geld der Lebensmittel-Rabattmarken, die er einmal im Monat einkleben muss, den Geschmack von Bittermandeln auf der Zunge.

Über dem Eingang des Wohnwagens steht in großen grünen Lettern ‹Die dicke Berta!› geschrieben.

Auf der Seitenwand eines zweiten Wohnwagens, gleich daneben, ist ein kleines Plakat aufgeklebt. ‹Prinzessin Wei Wei, der kleinste Mensch der Welt!› Im dritten Wohnwagen sind siamesische Zwillinge ausgestellt. Sie heißen ‹Die Maxwell Sisters›. Neben der Kasse hängt ein undeutliches Foto.

Das Bild zeigt zwei Mädchen mit Zöpfen. Sie sitzen Seite an Seite. Sie tragen ein weißes Kleid. In der Mitte sind sie zusammengewachsen. Jede hat nur einen Arm und nur ein Bein. Das Mädchen auf der linken Seite des Fotos hat ein rechtes Bein, das Mädchen auf der rechten Seite ein linkes Bein. Die Beine sind übereinander geschlagen. Die Mädchen geben sich die Hand. Das heißt, das Mädchen gibt sich selbst die Hand. Beide müssen den Kopf schief halten. Lucas kann sich nicht entscheiden, ob es zwei Mädchen sind mit einem Körper oder ob es ein Mensch mit zwei Köpfen ist, und er ist unentschlossen, welchen der drei Wohnwagen er besuchen soll. Am Ende stellt er sich bei der Dicken Berta an, weil hier die größte Warteschlange ist. Er möchte unter keinen Umständen allein sein mit Prinzessin Wei Wei oder mit den Maxwell Sisters, obwohl er neugierig ist, wo genau die beiden Schwestern zusammengewachsen sind oder wie es ist, wenn sie sich die Hand geben, ob sie in beiden Händen etwas spüren oder nur in einer, oder wie es ist, wenn der eine Kopf schläft und der andere noch lesen möchte.

Er stopft die Tüte mit dem Türkenhonig in die Hosentasche. Die Leute gehen im Gänsemarsch an der Kasse vorbei und die wenigen Stufen hoch. Vor Lucas steht ein Mann mit einem kleinen Kind an der Hand. Die Dicke Berta sitzt auf einem Hocker. Sie trägt ein rosa Kleid, es ist groß wie ein Zelt. Das Kleid lässt Arme und Beine frei. Die Frau hat die Hände auf die Knie gelegt. Die Arme und Beine der Dicken Berta sind unglaublich dick und sehr weiß, aber eigentlich kann Lucas nicht genau unterscheiden, wo der Rumpf aufhört und die Glieder beginnen, und auch die Brüste kann er nicht sehen, aber bei der Großmutter hatte Lucas im Bücherregal ein Buch gefunden, das hieß ‹Akte›. Lucas war auf das Buch aufmerksam geworden, weil es ein bisschen vorstand. In dem Buch waren Fotos von nackten Frauen. Lucas hatte, mit Ausnahme einer halb nackten Negerfrau in einem Inserat für den Kulturfilm ‹Quer durch die Sahara, zu Besuch bei König Missa und seinen 1200 Frauen›, noch nie eine nackte Frau gesehen. Die Frauen im Buch hatten nichts an, sie saßen, standen oder lagen irgendwie, hielten irgendetwas in den Händen oder auch nichts, schauten irgendwohin oder hielten die Augen geschlossen. Lucas fand, Mama sei mindestens so schön, obwohl er sie mit den Frauen im Buch nicht so genau vergleichen konnte, weil er sie noch nie nackt gesehen hat. Nur einmal, kurz nachdem Elsa zur Welt gekommen war, sah er Mamas Brust. Sie war sehr weiß, mit feinen blauen Äderchen und ganz anders als bei den Frauen auf den Fotos. Überhaupt waren all die Frauen im Buch anders als die Frauen, die Lucas kennt, Mama, die Tante, die Großmutter, Mamas Freundinnen, die Nachbarinnen, die Verkäuferinnen, die Krankenschwestern, die Lehrerinnen.

Ob Sylvie dazu gezählt werden muss, weiß Lucas nicht.

Lucas hatte das Buch nur entdeckt, weil es ein bisschen vorstand.

Die Tante war dazugekommen, ihr Mund war ein dünner Schlitz. Beim Abendessen machte sie eine Bemerkung zum Onkel und zeigte mit dem Kinn zum Bücherregal.

Dieses Buch da, sagte sie, der Bub hat es angeschaut, er schlägt ganz dir nach.

Der Onkel lachte. Ja, ja, früh übt sich!, sagte er, der ist mir einer, der Lucas.

Er schlug die flache Hand auf den Tisch. Die braunfaltige Milchhaut auf der Ovomaltine zitterte.

Großmutter kicherte.

Die Zeit tickte weg, das Pendel der Standuhr schwang schnarrend hin und her, und Lucas wusste nicht, worin er sich üben sollte.

Die Dicke Berta neigt sich nach vorn.

Komm nur, komm, Kleiner, sagt sie, du kannst mich anfassen.

Lucas schüttelt schnell den Kopf. Der Mann mit dem kleinen Kind geht nahe zu der Frau hin. Er hebt das Kind hoch, er nimmt das Händchen und drückt es in ihren Oberarm, das Händchen verschwindet in einer Delle. Das kleine Kind, dem Lucas nicht ansieht, ob es ein Junge oder ein Mädchen ist, beginnt zu weinen.

Lucas schlüpft schnell zwischen den Leuten hindurch zum Ausgang. Hinter sich hört er den Vater des Kindes lachen.

Lucas bereut, dass er das Geld für die Dicke Berta ausgegeben hat. Fünfzig Rappen, für nur so kurze Zeit. Vielleicht wäre er doch besser zu den Maxwell Sisters gegangen.

Da sieht er von weitem den Marktstand eines Trödlers. Der Mann verkauft Ramsch und alte Sachen. Lucas schlendert hinüber, vielleicht findet er etwas für seine Sammlung. In einer Holzkiste unter dem Bett bewahrt er die kleinen Figuren auf, Soldaten, Pferde, Indianer und Cowboys liegen darin kreuz und quer und übereinander. Wenn Lucas und Papa damit spielen, kommt Ordnung in das wilde Durcheinander. Die Soldaten stehen in Reih und Glied, manche tragen aufregende Uniformen, das sind die von der Bourbaki-Armee, die Schweizer Soldaten tragen Feldgrün, haben einen Helm und gehen im Gleichschritt. Zuvorderst ist der Fahnenträger. Die Sanitäter haben weiße Armbinden mit einem roten Kreuz. Papa sagt immer, die Soldaten passten nicht zu den Indianern, aber das kümmert Lucas nicht. Soldat ist Soldat. Lucas kämpft ohnehin immer auf der Seite der Indianer.

Er begutachtet die Auslage. Und tatsächlich, er kann es kaum fassen! Da kniet er zwischen einem Zinnbecher und einem Spielzeugauto, geduckt, Anschleichstellung, das eine Knie etwas vorgestellt, auf die Hände gestützt, den Kopf erhoben, lauschend, lauernd, der Feind hockt mit durchgeladenem Gewehr hinter den Felsen, Pferdegewieher, auf der Hügelkuppe aber stehen die Apachen in Bereitschaft, reglos, Pferd an Pferd, Speer an Speer, Kriegsbemalung auf den Gesichtern, der Federschmuck rot-blau-grün wiegt sich im Präriewind, gleich wird der Späher, handbemalt, gelbe Hose mit Fransen, das Zeichen zum Angriff geben, Kampfgebrüll wird die Luft erzittern lassen, die Bleichgesichter werden tapfer, aber ohne Chance kämpfen, blutige Skalpe werden an den Pferdesätteln baumeln, und den Rest besorgen die Geier.

Winnetou kostet achtzig Rappen, da können einem doch die Lebkuchen gestohlen bleiben.

11

Das Plätschern in der Heizung, das Rauschen, kein Mensch hält das aus, so viel Wasser in Bewegung! Aber ja doch, lieber die Sintflut als den ‹Little Boy›, wenn die Fluten sinken, bleibt nichts als Schlamm zurück und eine große Stille. The baby is born, sagte der Präsident, als er den erfolgreichen Abwurf über Hiroshima bestätigte, vielleicht hat er dabei gekichert und Strichmännchen gezeichnet neben dem Telefon, es war der Tag nach Lucas' Geburt, the baby was born, our little boy!, ein schwüler Sommertag, Hundstage. Im Zimmer hing der schwere süßliche Duft von siebenundzwanzig gelben Rosen. Das Bukett war mit einem Kärtchen dazu abgeliefert worden, Ich freue mich, herzliche Gratulation zum Stammhalter!, Papa. Am Mittag hörte sie die Nachrichten im Radio, Trumans Stimme. ‹Der den Tod auf Hiroshima warf› war ein junger amerikanischer Pilot, das Gedicht heute Morgen in der Zeitung und die Kälte mit dem Tee hinuntergeschluckt. Ging er etwa ins Kloster, läutete er die Glocken, sprang er vom Stuhl in die Schlinge, verfiel er dem Wahnsinn, löste sich seine Wirklichkeit auf? Nein! Er kaufte sich ein kleines Vorstadthäuschen, heiratete eine blonde Frau und züchtet jetzt Rosen, die auch die Nachbarn erfreuen. Er ist ein zärtlicher Vater, seine Kinder sind pausbäckig, gut erzogen und werden zum regelmäßigen Kirchenbesuch angehalten. Den Überlebenden aber hing die schlammfarbene Haut in Fetzen am Leib, die Toten als Schatten eingebrannt in den Asphalt, nächtlich auferstanden aus Staub, und sie wunderte sich damals, dass die Welt, die große, nicht stillstand. Ihre kleine Welt jedoch war ins Trudeln geraten, *seine* Wirklichkeit hatte begonnen sich aufzulösen. Mit wachsender Unruhe beobachtete sie sein allmähliches Verstummen. Heimlich und leise hatte sich etwas Fremdes in den Alltag eingeschlichen und bog ihn nach seinem Gutdünken zurecht, ein Strudel, der ihn in konzentrischem Sog immer mehr in die Tiefe riss. Sie konnte sein Verhalten nicht deuten, ob die Welt sich von innen nach außen, von außen nach innen stülpte. Vielleicht auch zerflossen alle Konturen, verdämmerte die Zeit, zerbröckelten die Formen, verschob sich die Anordnung der Gegenstände, wurde er in ein schwarzes Loch gesogen, wer hätte es schon sagen können außer ihm.

Er aber war sprachlos geworden.

Einen Monat nach Lucas' Geburt wurde er in die Klinik eingeliefert.

Es sollte nicht das letzte Mal sein.

Gute Frau, wir wissen schon, was für den Patienten richtig ist, sagte der Arzt.

Der Patient. Ein schönes Wort. Ein Bonmot sozusagen. Sie standen sich gegenüber in dem kleinen Raum, die Wände hellgrün gestrichen, vergilbte Gardinen vor den Fenstern.

Der Arzt lächelte, seine Hände steckten in den Taschen des weißen Doktormantels, er wippte auf den Fersen, machen Sie sich keine Sorgen, es wird Ihrem Mann bald besser gehen, die Elektroschocks sind eine moderne und erfolgreiche Methode, verstehen Sie.

Hinter dünnen Lippen kaute er die Worte, seine bleichen Augen schauten haarscharf an ihr vorbei, er lächelte väterlich.

Sie schaukelte den Kinderwagen, Lucas hatte zu greinen angefangen, und tat, als ob sie es verstehe, ja, ja, sagte sie, ich weiß, aber sie verstand überhaupt nichts und wollte nicht verstehen und sich damit abfinden schon gar nicht.

Vor der Behandlung darf der Patient nichts essen.

Eine Salbe wird auf die Schläfen des Patienten geschmiert.

Wenn der Strom durch den Körper fährt, bäumt der Patient sich auf.

Der Hinterkopf des Patienten schlägt auf die Unterlage.

Die Glieder des Patienten zucken, ein Veitstanz, wären sie nicht festgebunden.

Der Patient schrie, wäre sein Mund nicht verstopft.

Nach der Behandlung weiß der Patient nicht, dass sie mit ihm etwas gemacht haben.

Ihr Mann ist wieder ganz in Ordnung, Sie können ihn nach Hause nehmen, sagte der Arzt nach zwei Monaten. Es war an dem Tag, als Lucas zum ersten Mal mit der Hand nach dem silbernen Ring griff, der an einem Seidenband über der Wiege baumelte. Ein Regentag, die Leute auf der Brücke stemmten sich mit den Schirmen gegen den Wind, der Fluss war aufgepeitscht, jetzt aber liegt das Wasser still und bleiern, besser seine Tiefen nicht stören, ganz ruhig auf dem Grund liegen, das Gesicht nach oben gekehrt. Worte fallen herab, klatschen auf die Wasseroberfläche, sie sinken schnell, es ist der Klang, der sie im Fallen verrät. Das Wort aus elf scharfkantig umrissenen Buchstaben klingt wie Tamanrasset, es sinkt in einem Strudel und löst sich auf, glitzernde Luftblasen steigen an die Oberfläche.

Ein Windstoß öffnet das Fenster, draußen steht helles Herbstlicht, der scharfe Geruch nach Laubfeuer, und jetzt das Geräusch eines harten Wasserstrahls, der auf Metall auftrifft, über das Blech trommelt und rauscht, und sie erinnert sich plötzlich sehr klar an die Frisur von Frau Held im Licht der entgegenkommenden Fahrzeuge, kurz geschnitten und glatt, der Nacken sauber ausrasiert.

12

Elsa geht die Treppe hinunter, nimmt langsam Stufe um Stufe und leckt Wolken in die Butter. Der Zucker knistert zwischen den Zähnen, süße Spucke tropft über das Kinn, Elsa leckt sie mit der Zunge weg.

Elsa geht nicht gern allein in den Keller, aber sie muss dort unten ihren Tretroller holen. Der Flur im Untergeschoss ist dunkel und kalt. Links ist die Waschküche, die Tür steht offen.

Elsa sieht sich im Kupferkessel gespiegelt, lang und dünn. Es riecht nach frisch gewaschener Wäsche.

Der Trockenraum ist vollgehängt.

Große weiße Rechtecke, straff gespannt.

Die Oberleintücher sind aus feinem Stoff.

Die Unterleintücher sind aus grobem Stoff.

Hinter den Leintüchern hängen Küchentücher, Hemden, Blusen und zuhinterst, ganz versteckt, die Unterwäsche und die weißen dicken Stofflappen, die Sylvie manchmal mit Sicherheitsnadeln an den Unterhosen festmacht. Einmal hat Elsa Sylvie in der Badewanne gesehen. Das ganze Badezimmer war voll Dampf, Wasserschlieren rannen am Fenster herab, es war heiß, Sylvie hatte kleine Schweißtröpfchen auf der Stirn, und Elsa sah die Haare zwischen Sylvies Beinen und unter den Armen, die waren dunkel und gekräuselt und ganz anders als Sylvies dickes, rötlich schimmerndes Haar. Was guckst du so, sagte Sylvie und lachte, du wirst auch einmal so aussehen, aber Elsa glaubte nicht, dass sie je so alt werden würde. Sie stieg auf das Waschbecken und zeichnete mit dem Zeigefinger ein Angesicht, Punkt Punkt Komma Strich, auf den beschlagenen Spiegel, Ohrenläppchen Ohrenläppchen und dazu ein Zipfelkäppchen, und fertig, die Arme und Beine dran schenkte sie sich.

An den Waschtagen gibt es Käse- und Apfelkuchen. Die darf man mit der Hand essen.

An den Waschtagen hat Mama keine Zeit für gar nichts, und ihr Haar ist strähnig.

Rechts ist der Korridor mit den Türen aus Holzlatten. Kalte modrige Luft dringt heraus. An seinem Ende hockt eine fette braune Kröte, sie ist unmenschlich groß und wer hinguckt, wird zu Stein.

Elsa dreht den Lichtschalter und eilt zum Kellerabteil. Eine Glühbirne baumelt von der Decke. Elsa schließt das Vorhängeschloss auf und steckt den Schlüssel in die Manteltasche. Auf den Holzregalen liegen Kartoffeln und Äpfel mit lederiger Haut. Skier und Skistöcke lehnen in einer Ecke, die Riemen der Bindungen sind brüchig. Die Werkbank mit dem Hobel. In dem Kästchen mit der Gittertür wird der Notvorrat für den Krieg aufbewahrt, je fünf Säcke

Mehl, Reis, Zucker, Teigwaren und fünf Flaschen Öl, außerdem Erbsen, Bohnen, Apfelmus in Konservendosen, Maggiwürfel und Beutelsuppen, die mit dem lustigen roten Männlein. Werkzeuge und Papas Ölfarben stehen auf einem Regal. Die zweikufigen Schlittschuhe, schrrsch, schrrsch, machen sie auf dem Eis, und Elsa knickt in den Fußgelenken ein.

Elsas Stelzen.

Wenn Elsa auf den Stelzen geht, ist sie so groß wie Papa. Wenn aber Elsa im Wald auf Papas Schultern sitzt, ist sie größer als er. Papa trägt eine Schirmmütze. Elsa lacht und zupft Blüten und Blätter von den herabhängenden Ästen. Papa hält sie an den Fußgelenken fest, Elsa lässt sich nach hinten fallen, ihre Arme baumeln neben Papas Beinen, und sie sieht alles verkehrt herum.

Elsa nimmt schnell ihren Tretroller, löscht das Licht und schleppt ihn die Treppe hoch. Der Roller ist aus Holz. Die Räder sind rot und blau bemalt und haben einen schwarzen Gummiring auf den Felgen.

Elsa steckt das letzte Stück Butterbrot in den Mund, lässt den Zucker auf der Zunge zergehen und schiebt den Roller über die Steinplatten.

Der Nebel hat sich gelichtet. Die Sonne ist weiß, fast durchscheinend.

Auf der steilen Allee besteigt Elsa den Roller, stößt sich mit einem Fuß vom Boden ab und summt im Takt dazu eine Melodie.

Rechts kommt jetzt die große Wiese, wo die Kinder im Winter schlitteln, links zweigt die Straße ab, die zu Paulas Haus führt, aber Elsa nimmt den Weg, der zum Wald führt.

Der Boden unter der Blutbuche ist übersät mit Bucheckern. Elsa legt den Roller hin. Sie hüpft über die stacheligen Schalen. Es knackt, die Nüsschen springen aus der Hülle. Elsa bückt sich und sammelt so viele davon wie möglich, wer weiß, ob sie im Wald sonst etwas Essbares findet. Sie füllt damit die Taschen des Mäntelchens. Und Elisa ging den ganzen Tag über Feld und Moor bis in den großen Wald hinein. Da war es so still, dass sie ihre eigenen Fußtritte hören konnte und jedes kleine, vertrocknete Blatt, das sich unter ihrem Fuße bog, und die hohen Stämme standen sehr nahe beieinander.

Elsa kennt sich aus im Wald. Im Sommer haben sie hier gespielt. Mama mag es nicht, wenn Elsa mit ihren Freundinnen in den Wald geht. Elsa sagt deshalb immer, sie seien auf dem Spielplatz. Manchmal klettern sie auf die Bäume am Waldrand und spucken den Leuten, die unten vorbeigehen, auf den Kopf.

Einmal, im Frühjahr, fanden sie einen jungen Vogel, der aus dem Nest gefallen war. Er hockte auf dem Boden und fiepte, die Brust hob und senkte sich. Wir nehmen ihn mit, sagte die eine, ich werde ihn füttern. Ja, nehmen wir ihn mit!, aber keine getraute sich, das zitternde Tier in die Hand zu nehmen, außer Elsa. Die Mädchen eilten aufgeregt nach Hause. Elsa hielt in der einen Hand den Vogel, die andere schützend darüber gelegt. Das warme Gefieder pulsierte. Elsa drückte die Hände leicht zusammen, sie spürte die feinen Knöchelchen unter den Federn. Elsas Finger umschlossen die Kehle des Vogels, im Rennen drückte sie die Finger zusammen. Dann hörte das Pulsieren auf.

Oh weh, sagte Elsa, als sie zu den ersten Häusern kamen, ich glaube, der Vogel ist tot.

Oh, wie schade, sagten die Mädchen, dann müssen wir ihn begraben.

Darin hatten sie Erfahrung. Sie hoben im Garten ein Loch aus. Der Vogel erhielt eine hellblaue Schleife umgebunden. Sie betteten ihn in das Loch und schaufelten Erde darüber. Elsa machte aus zwei Holzstücken ein kleines Kreuz, das sie in der Mitte kunstvoll mit Schnur zusammenband. Sie steckten das Kreuz in den kleinen Hügel.

Vor dem Einschlafen nahm Elsa eines der schönen Bildchen unter dem Kopfkissen hervor und hielt es fest zwischen den gefalteten Händen. Der arme Vogel, betete sie, lieber Gott, mach, dass er in den Himmel kommt, amen.

Als Großvater starb, flogen die Raben gegen das Fenster. Sie hackten mit ihren Schnäbeln an die Scheiben und hörten nicht auf, bis Großvater tot war. Sie kreisten über dem Haus und flogen erst davon, als der Leichenwagen kam.

Man habe ihr Krächzen noch lange gehört, sagte Mama.

Wie viele waren es?, fragte Elsa.

Ich weiß nicht, sagte Mama, ich habe sie nicht gezählt.

13

Das Dummerchen. Sie sollte etwas für ihre Haut tun und den BH würde sie besser eine Nummer kleiner tragen, findest du nicht auch, ein bisschen verstockt, Ben hätte wahrhaftig was Besseres verdient, gestern hat sie in der Mathematik wieder mal geglänzt, die Streberin, eingebildet halt, aber sonst hat sie ja keine Ahnung.

Das waren die Worte, die im Café fielen, als Sylvie nach dem Kino in der Straßenbahn saß, sie ist sich sicher. Niemand bleibt verschont. Wo klares Wasser ist, wird der Grund aufgewühlt. Maité treibe es nach der Schule mit den Jungen in Hinterhöfen und Treppenhäusern, was treibt sie, was, Sylvie kann sich nichts darunter vorstellen, was treibt man in Hinterhöfen und Treppenhäusern. Vielleicht zeigt sie es ihnen.

Zeige es mir.

Damals, als sie die Stelle in dem Buch las, ging ihr Puls schneller. Das Buch war eben neu erschienen, sie tauschten es untereinander aus, den neuen Böll musst du lesen, mit verschworenen Blicken, als wüssten sie alles, aber was es bedeutet, es einem Jungen zu zeigen, und die Haare des Mädchens knisterten dabei, und einem Jungen zu sagen, ich werde dein Jerusalem sein, dein Jerusalem, und der

Junge stand dort, als das Mädchen mit dem Zug zur Stadt hinausfuhr, dein Jerusalem, wer weiß schon eine Antwort darauf. Aber Sylvie würde es wollen, zeige es mir, würde er sagen und seine Finger würden zittern, wenn er die Knöpfe ihrer Bluse öffnete, sie würde es wollen und in seine fassungslosen Augen schauen, und es wäre nicht Ben.

Sylvie erinnert sich nicht genau, wie es gekommen ist, dass sie und Ben zusammen gehen. Sie hat, soweit sie sich erinnern kann, nicht viel dazu beigetragen. In der Tanzstunde, Damenwahl, wollte sie den großen Dunklen holen. Tagelang hatte sie sich jeden einzelnen Schritt ausgemalt und hätte es auch beinahe geschafft. Sie war aufgestanden und wie ein Pfeil auf die andere Seite geschossen, sie lächelte, darf ich dich um den Tanz bitten, es hörte sich ganz locker an. Er stand auf, ja gern, er wollte gerade Sylvies Hand nehmen, aber da kam die Blonde. Lange Beine, kurzes Haar, veilchenblaue Augen, oh Entschuldigung, sagte er, ich wollte, ich dachte, er lachte verlegen, wandte sich ab. Er tanzte mit der anderen, von nun an und immer.

Sylvie wünschte ihr einen langsamen Erstickungstod. Den Sturz aus einem Fenster, beide Beine gebrochen. Einen Autounfall, das Gesicht zerschnitten, entstellt. Die Scham. Alle schauten zu, als sie durch den Saal ging und sich wieder hinsetzte. Dann kam Ben, er bat sie um den Tanz, es war ein Cha-Cha-Cha, eins zwei, eins zwei drei, die Lehrerin klatschte den Takt. Ben roch nach Apfelblütenshampoo. Sylvie ließ sich von ihm auf dem Parkett herumstoßen. Seine Hände waren feucht, er bewegte sich ungelenk. Unter seinen Achseln zeichneten sich dunkle Flecken ab. Aber sein Lächeln. Das Grübchen im Kinn und die Art, wie er Sylvie anschaute, alles war unwiderstehlich, und er brachte sie mit seinen abstrusen Geschichten zum Lachen. Er holte Sylvie immer wieder zum Tanz. Mit der Zeit wurde daraus ein Gewohnheitsrecht.

Einmal wurde Sylvie zu einer Geburtstagsfeier eingeladen.

Das Mädchen sagte: Bring doch Ben mit. Da wusste Sylvie, sie sind ein Paar. Sie besaß von nun an die Aura der Mädchen, die *mit einem gehen*.

Ben wartet nach der Schule auf Sylvie.

Ben begleitet Sylvie nach Hause.

Ben schiebt sein Fahrrad mit der einen Hand, legt den rechten Arm um Sylvies Schulter (die Dame geht rechts. Es gilt, die in der Tanzstunde erlernten Verhaltensregeln zu beachten).

Ben und Sylvie stehen an einer Ecke und reden.

Ben raucht eine Marylong. Hin und wieder gibt er Sylvie einen Zug.

Wenn sie auf einem Mäuerchen oder einer Bank sitzen, legt Ben seine Hand auf Sylvies Oberschenkel. Sie halten sich an den Händen.

Wenn Ben Sylvie zu einem Eis oder ins Kino einlädt, nimmt sie es gern an und bedankt sich, es darf auch ein Briefchen sein.

Mutter sagt, Ben ist ein netter und ordentlicher Junge.

Einmal saßen sie auf den steinernen Stufen am Fluss, es war ein schwüler Sommertag, die Schwalben flogen tief und das Wasser war schwarz. Sie schmusten, Ben schob seine Zunge in Sylvies Mund, er ließ seine Hand unter ihre Bluse gleiten und knetete ihre Brust, und langsam ging Sylvie die Stufen hinab und stieg ins Wasser, das mit kräftigem Zug am Ufer entlangstrich, sie tauchte unter, die Strömung trug sie weg Sylvie trieb an Pfeilern aus mächtigen Steinquadern vorbei die Schatten der Brücken verdunkelten den Lauf des Wassers vorbei an dümpelnden Korbnetzen Aale hatten sich darin verfangen ein schwarzglänzendes Gewimmel, frühmorgens warfen Kirchtürme und Hochhäuser lange Schatten am Abend der Widerschein und der Glanz sonnenbeschienener Hügel auf dem Wasser, Sylvies Fuß verfing sich im Dickicht langer mit der Strömung strudelnder Haare, dann endlich die erste Ahnung von Salzwasser auf den Lippen, und Sylvie war kein einziges Mal aufgetaucht.

Ein Platzregen ging nieder, als sie sich von Ben verabschiedete, sie zog die Schuhe aus und ging barfuß nach Hause, im Treppenhaus hinterließen ihre Füße nasse Spuren.

14

Lucas steckt Winnetou in die Hosentasche.

In der Geisterbahn kreischen die Leute. Die Türflügel schlagen krachend auf und zu, wenn ein Wägelchen losgeschickt wird. Das Skelett, das neben dem Eingang der Geisterbahn zappelt, sieht aus wie ein Schirmbild, Lucas denkt nicht gern daran. Aber jener unheilvolle Morgen, als die Krankenschwester in die Schule kam, schiebt sich Lucas ins Gedächtnis, ob er will oder nicht. In der Turnhalle mussten alle Schüler in eine Reihe stehen und einzeln vortreten. Die Krankenschwester klebte jedem ein Heftpflaster unter das Schlüsselbein. Auf dem Rückweg ins Klassenzimmer konnte Lucas einen Blick in die Mädchengarderobe werfen. Er sah nur ein paar nackte Arme und Beine und von hinten ein Mädchen im Hemdchen, aber als Adrian in der Pause viel sagend bemerkte, hast du gesehen, die Brigit, Menschenskind!, da hat Lucas genickt und gesagt, ja, ja, schon toll, die Brigit. Das Pflaster hieß ‹Moro-Probe›. Nach ein paar Tagen müsse es weggenommen werden, und würden sich auf der Haut rote Pusteln bilden, sei man positiv. Auf einem Zettel stand, wann und wo man sich zur Durchleuchtung einzufinden hätte, falls man positiv sei, um zu sehen, ob man einen Schatten auf der Lunge habe.

Als die Krankenschwester wieder in die Schule kam, hatte Lucas diese drei verdammten Pünktchen auf der Haut, und es war nicht klar, ob er positiv war oder nicht.

Die Schirmbild-Station war in einem beigefarbenen Bus eingerichtet. Man stieg hinten ein und gab dem Fräulein, das an einem metallenen Tischchen saß, den Zettel mit seinem Namen ab. Dann wurde man durch den Apparat geschleust. Der Bus ist gefährlich, Lucas hasst ihn, nicht so sehr der kalten Glasplatte wegen, gegen die die magere Kinderbrust gedrückt werden muss, das geht schnell – einatmen, ausatmen, nicht mehr bewegen, so ist gut, danke!, der Nächste! –, als vielmehr wegen des ungewissen Ausgangs. Die Zeit bis zu dem Tag, an dem der Bescheid kam, war quälend, und der Kloß im Hals, jedes Mal beim Heimkommen nach der Schule, ob der Brief schon hier sei, der Brief mit dem Bescheid, und das nahm Lucas buchstäblich den Atem.

Positiv.

Ein Schatten auf der Lunge.

Kalter Krieg.

Wörter wie berstendes Glas und die Splitter messerscharf.

Wörter, die die Brust eng machen, wie der Traum mit den kleinen vermummten Gestalten, sie huschen vorbei, sie kauern in einer Ecke und flüstern miteinander, sie tuscheln über ihn, Lucas. Das ist der schlimme Traum. Es kommt auch vor, dass Lucas kurz vor dem Einschlafen, wenn Helgas Gestalt langsam in den Falten der Nacht verschwindet, am Rand dieses Wassers steht. Das ist der schöne Traum. Das Wasser ist so tief wie das Auffangbecken im Wasserreservoir, das sie einmal mit der Schule besichtigten. Man stieg viele Treppenstufen in die Erde hinab, die Schritte widerhallten wie in einer Kirche. Schweigend standen sie am Bassinrand und starrten hinab in diese ungeheure Tiefe, das Wasser bewegungslos blau und klar. Die Köpfe der über den Rand gebeugten Kinder spiegelten sich darin. Eine große Stille war um sie herum, niemand wagte zu sprechen. Tief unten konnte man den Boden sehen. Lucas hätte gerne gewusst, wie tief das Becken ist, er hätte hinabtauchen wollen bis zuunterst auf den Grund und mit der einen Hand den Boden berühren. Solange er hinabschaute, hatte er ein Gefühl von etwas Heiligem. Etwa so würde er sich den lieben Gott vorstellen. Es ist dieser Sog von Unendlichkeit am Rand des tiefen Wasserbeckens, der ihn in den Schlaf hinüberzieht.

Später huscht Mama herein und löscht das kleine Nachtlicht. Manchmal ist Lucas noch wach, und die Träume sind noch nicht gekommen. Dann tut er, als ob er schlafe. Er macht die Augen zu und legt die Arme auf die Decke oder unter den Kopf, sonst zieht Mama seine Hände unter der Decke hervor.

Wenn sie glaubt, dass er noch wach sei, sagt sie: Die Hände gehören *auf* die Decke, Lucas. Dabei sind doch gerade die Hände unter der Decke so hilfreich beim Einschlafen, dann kommen die Frauen aus dem Buch heraus, sie gehen vor Lucas hin und her und strecken ihm die Brüste entgegen, sie lächeln, sie lassen die Zunge über ihre Lippen gleiten und greifen nach ihm und ziehen ihn zu sich heran.

He, du da!, ruft eine Stimme.

Lucas schaut hoch. Offenbar ist er gemeint.

Steh nicht rum wie ein Ölgötz! Komm lieber auf die Geisterbahn, kostet nur einen Stutz!

Es ist der Mann, der die Wägelchen anschiebt.

Lucas zögert.

Hast du Angst, oder was?, sagt der Mann. In seinen Unterarm ist eine Frau mit einem Fischschwanz eintätowiert.

Nein, nein, sagt Lucas und geht schnell weg. Mit Helga auf die Geisterbahn, das wäre schon was, er könnte beschützend den Arm um sie legen. Aber allein lieber nicht.

Lieber geh ich auf die Flugzeuge, denkt Lucas. Von oben kann er über den Platz schauen, und wenn Helga aus der Straßenbahn steigt und über die Gleise kommt, kann er sofort ihr blasses Gesicht und den roten Mantel sehen, unter Hunderten von Leuten würde er sie erkennen, sofort.

Bei der Schiffschaukel werden die Bremsbretter gelöst, eine neue Runde beginnt. Der Schausteller gibt jedem Schiffchen einen Stoß. Lucas bleibt stehen und schaut zu, wie die Kinder sich ins Zeug legen. Sie stoßen und ziehen an den Stangen und gehen in die Knie und biegen den Rücken durch, und die Schiffchen schwingen höher und höher.

Lucas geht nie auf die Schiffschaukel.

Da ist jeder gegen jeden.

Auf der Schiffschaukel muss man gut sein.

Ein Junge muss mit dem Bug das Zeltdach berühren können, das Schiffchen steht für den Augenblick eines Herzschlags still, die Zeltplane bauscht sich, die aufgemalten Sterne verzerren sich, das Schiffchen schwingt zurück.

Ein Junge muss stark sein.

Die Jungen müssen mutig sein und auf dem Schulweg vorweg gehen und die Mädchen warnen, wenn der Mann mit dem hellen Regenmantel aus dem Wald kommt. Dann schreien die Jungen: Achtung!, die Mädchen kreischen und rennen davon.

Die Jungen müssen hochspringen und die Kletterstange bis zuoberst hinaufklettern können. Jungen, die es nicht schaffen, werden ausgelacht, wie Markus, seine Hände sind zu klein, um den plumpen Körper hinaufzuziehen. Er kommt meistens nur bis zur Mitte der Stange, das Gesicht rot vor Anstrengung. Alle schauen zu und warten gespannt auf den Augenblick, da Markus zu rutschen beginnt und wie ein Sack zu Boden fällt.

Markus tut Lucas Leid und nicht nur deswegen.

Er tut ihm auch Leid, weil seine Mutter arbeitet. In einer Familie, in der die Mutter arbeitet, stimmt etwas nicht. Frau Fahrner muss arbeiten, weil Herr Fahrner ihr das Auge blau geschlagen hat und sie geschieden ist. Mama hat einmal gesagt, die Fahrner hat Männerbesuch, was heißt das, Lucas versteht es nicht, aber er weiß, dass die Handflächen brennen wie Feuer, wenn man so schnell die Stange hinunterrutscht.

Markus lässt sich nie etwas anmerken.

Die Glocke schellt, die Runde ist zu Ende. Der Mann wuchtet die Bremsbretter hoch. Mit einem Knirschen schlittern die Schiffchen darüber, pendeln aus, stehen still, die Kinder steigen aus. Das Sternenzelt hängt ein bisschen durch, aber der winzige Punkt, der über den Himmel eilt, gestern Abend hat Lucas ihn ganz deutlich gesehen, dieser Punkt ist langsamer als eine Sternschnuppe, aber schneller als ein Flugzeug, 228 Kilometer Höhe, 83,6 kg schwer, Helligkeit von Größe 0 bis 1, Umlaufzeit 96,2 Minuten. 303-mal hat er bis jetzt die Erde umkreist. In der Zeitung sah der Sputnik aus wie ein Spielzeug, eine lächerliche Kugel mit vier abstehenden Antennen, und auch der Name passt irgendwie nicht dazu. Aber dass der Sputnik von den Russen hinaufgeschossen worden ist, das ist schon gefährlich, und wozu überhaupt, und gefährlich ist er vor allem, weil er etwas mit dem

Kalten Krieg zu tun hat. Die beiden Wörter gehören zusammen, weshalb, weiß Lucas nicht, aber der Krieg ist sowieso gefährlich, auch wenn er kalt ist. Krieg ist das Schlimmste überhaupt, und der ‹Russen Mond› ist ja nur ein Vorbote von all dem, was noch bevorsteht, man hört es täglich im Radio, aber nicht zu laut, der Feind hört mit!, dann wird Lucas' Mundhöhle trocken, und er geht aus dem Zimmer oder wechselt den Sender. Er hat entdeckt, dass auf Kurzwelle jedes Mal, wenn das Lämpchen leuchtet, eine Stimme in einer unglaublichen, nie gehörten Sprache erklingt, fremd und aufregend, und dazwischen wird exotische Musik gespielt. Vor allem haben diese Sender den unerhörten Vorteil, dass Lucas kein Wort versteht und also auch nichts vernehmen kann über den Krieg oder irgendwelche Bedrohungen und Angriffe, die ja jederzeit und überall losbrechen können.

Die Frau hinter der Kasse bei den Flugzeugen ist nett. Er solle doch den Schulranzen bei ihr deponieren.

Lucas schüttelt den Kopf. Seinen Schulranzen lässt er nicht einfach irgendwo liegen. Er findet, das Fell sei besonders schön, weiß mit rotbraunen Flecken, die dunkel werden, wenn man sie gegen den Strich bürstet.

15

Der Pfad schlängelt sich zwischen den Baumstämmen hindurch, er steigt leicht an bis zu einer Lichtung. Dort gibt es Bänke und eine Feuerstelle. Die Aschenreste sind nass und schwarz verklumpt.

Schnell will Elsa dreimal über einen der Baumstämme hüpfen, die am Wegrand liegen. Wenn es ihr gelingt, ohne mit den Füßen anzustoßen, wird Papa an Weihnachten zu Hause sein. Beim dritten Mal streift ein abstehendes Rindenstück ihre Schuhsohle, aber das zählt nicht.

Elsa setzt sich auf eine Bank. Sie schält die Bucheckern, befühlt mit der Zunge die pelzige Haut.

Elsa legt sich auf die Bank. Sie formt mit Daumen und Zeigefinger ein Loch und schaut hindurch, schneidet runde Muster aus dem Blätterdach. Rot und braun. Gelb und grün. Gelb-rotbraun. Das blasse Blau des Himmels. Als aber Elisa erwachte, stand die Sonne schon hoch, Elisa konnte sie aber nicht sehen, denn die Zweige breiteten sich dicht und fest aus, aber dort oben spielten die Strahlen gerade wie ein wehender Goldflor. Wo die Hirsche eine Öffnung in den Büschen gemacht hatten, da ging Elisa zum Wasser hin, das war ein Fluss, und darüber ging eine Brücke.

In Papas Büro hängen die Zeichnungen, die Elsa und Lucas für ihn gemacht haben, und andere schöne Bilder. Manche sind Fotos, andere sind mit Bleistift gezeichnet. Überall sind Brücken darauf: geschwungene Bögen oder hochragende Säulen mit Straßen, die darüber gehen. Manche führen über einen Fluss, andere über ein Tobel oder ein Tal. Am Himmel aufgehängte Brücken, die in Straßenschluchten mit Wolkenkratzern enden.

All diese Brücken hat Papa gebaut.

Elsa setzt sich auf einen hohen Stuhl und schaut zu, wie Papa die Brücken zeichnet. Sein Tisch ist schräg, er steht davor und beugt sich über das mit Reißnägeln aufgespannte Papier. Das Licht der Tischlampe fällt auf seine Schultern und auf seine Hand, die sicher den Bleistift führt. Elsa kann den Tabak riechen, der in Papas Hemdtasche steckt.

Das Büro ist in demselben Haus, in dem die Großtanten wohnen. Im Treppenhaus hängt ein großes Bild. Darauf ist ein Wald. Die Bäume auf der linken Seite sind hell. Die Bäume in der Mitte und auf der rechten Seite dunkel. Weiß verhüllte Gestalten kommen zwischen den dunklen Bäumen hervor. In der Mitte ist ein viereckiger Stein mit einem Feuer. Drei weiße Gestalten knien davor mit verschränkten Armen. Elsa muss immer die Augen zumachen und schnell an dem Bild vorbeirennen, sie weiß nicht warum, und die Treppe hinaufeilen, die Stufen knarren und das Treppengeländer glänzt wie Ebenholz.

Die Betten der Großtanten sind riesig. Ungetüme von Bettdecken und Kissen türmen sich darauf. Die Tanten aber sind klein und sehr dünn und tragen ein schwarzes Samtband um den Hals. Sie benötigen einen Schemel, um ins Bett zu steigen.

Jedes Mal, wenn Elsa sich artig verabschiedet hat und mit Mama schon bei der Tür mit der goldenen Klinke steht, sagt eine der Tanten: Oh, warte. Sie geht zu einem Schrank, zieht die Schublade heraus und streckt Elsa eine geöffnete Schachtel hin.

Nimm eines, sagt sie mit ihrer dünnen Stimme, und Elsa nimmt einen der in Silberpapier eingewickelten Schokoladeriegel.

Zu Hause hat Elsa eine ganze Schachtel davon. Sie mag die Riegel nicht essen. Sie schmecken nach Mottenkugeln, und die Schokolade ist an manchen Stellen fleckig weiß.

Ob jetzt wohl jemand anderer in Papas Büro steht und zeichnet? Papa ist schon lange nicht mehr zur Arbeit gegangen.

Elsa klettert auf die Banklehne. Sie hält sich mit beiden Händen fest und lässt sich langsam rückwärts sinken, bis ihr Kopf beinahe den Boden berührt.

Nahe bei den Augen ist krümelige Erde, von dürrem Laub bedeckt. Verknotetes Wurzelwerk und Grasspitzen schauen daraus hervor. Die Bäume und alle Sträucher aber hängen von oben herab, als wäre der Waldboden das Himmelsgewölbe.

Im Verlies, wo Elisa eingesperrt war, gab es ein Gitter vor dem Fenster und keine Glasscheiben, und der Wind pfiff hindurch. Draußen sangen die Straßenbuben Spottlieder und keine Seele tröstete sie mit freundlichen Worten, und das alles nur, weil Elisa nicht reden durfte, so lange, bis sie die Panzerhemden fertig geflochten hatte, und das gab zu tun.

Die Kante der Lehne drückt schmerzhaft in die Kniekehle. Elsas Mantel und Rock sind runtergerutscht. Zwischen den Unterhosen und den Strümpfen spürt Elsa die Kälte auf der nackten Haut.

Sie stützt sich auf die Hände, schwingt die Beine vornüber, und steht, den Rücken gebogen, auf beiden Füßen.

Sie springt hoch, streicht den Rock glatt, zögert. Dann bückt sie sich und zieht die Schuhe aus. Auf den Bildchen im Buch ist Elisa barfuß. In diesen klobigen Schuhen kann Elsa unmöglich Elisa sein.

Elsa geht über die Lichtung, dorthin, wo das Unterholz dicht steht. Sie kniet sich nieder. Feuchtigkeit dringt durch die wollenen Strümpfe. Langsam neigt sie sich nach vorn, streckt den rechten Arm aus, greift mit der Hand ins Leere. Sie folgt der Bewegung mit den Augen. Die Geste muss anmutig aussehen, die Finger leicht gespreizt, wie bei Elisa auf dem Bild im Märchenbuch, dort, wo sie auf dem Boden kniet und Brennnesseln pflückt für die Hemdchen. Elsa reißt die Brennnesseln aus. Jedes Mal, wenn es brennt, stößt sie einen kleinen spitzen Schrei aus.

Sie tut, als ob etwas wäre, immer und immer wieder legt sie die Brennnesseln in die Armbeuge.

Als sie aufschaut, steht der Mann neben der Feuerstelle. Er blickt zu Elsa herüber, und es ist nicht der König, der mit seinen Jägern im Wald auf der Hirschjagd war. Der nämlich trat zu Elisa hin, nie hatte er ein schöneres Mädchen gesehen, und sagte: Wie bist du hierher gekommen, du herrliches Kind? Komm mit mir auf mein Schloss, hier darfst du nicht bleiben.

Der Mann bei der Feuerstelle trägt einen Hut und einen hellen Regenmantel.

Elsa duckt sich ins Unterholz. Im Kindergarten haben sie es besprochen. Manuel hat von dem Mann im hellen Mantel erzählt, der manchmal im Wäldchen ist und so Dinge tut, er habe ihn mit eigenen Augen gesehen.

Was hat er gemacht?, fragten die Kinder.

Er hat seinen Pimmel gezeigt, sagte Manuel.

Und dann?, fragten die Kinder.

Dann bin ich schnell davongerannt und habe mich versteckt, sagte Manuel.

Elsas Herz klopft bis zum Hals.

Der Mann ist näher gekommen. Er macht etwas mit seinen Händen, Elsa weiß nicht was.

16

Die Leute gehen an Sylvie vorbei. Ein Kind hüpft auf einem Bein. Eine Frau zerrt ein kleines Mädchen an der Hand hinter sich her. Leute schieben sich aneinander vorbei, Blicke treffen sich wie zufällig. Manchmal schenkt Sylvie leichtfertig ein flüchtiges Lächeln, aber wenn Augenpaare unverhohlen hinschauen, den Körper abtasten, diese Art von Blick, jede noch so kleine Erwiderung könnte unabsehbare Folgen haben, dann dreht Sylvie schnell den Kopf weg.

Das kommt davon, wenn man sich schminkt und aufdonnert, man soll darin nicht übertreiben, sagte die Frau, die vor der Klasse stand, kein Wunder, wenn die Mädchen von der Straße weg verschleppt werden, zu Tausenden allein in Frankreich, in Hauseingänge gezerrt, in Autos gestoßen und fort und nie mehr gesehen, kein Wunder.

Die Stunde hieß ‹Sonderlektion Aufklärung› und bestätigte, was Sylvie längst vermutet hatte und was sie jetzt doch beunruhigend fand, dass nämlich der Mann sein Glied bei der Frau unten reinsteckt, sie hatte auch schon gesehen, wie es die Hunde machen. Der Penis des Hundes war dunkelrosa, die Hündin stand unbeteiligt und drehte den Kopf zur Seite, als wartete sie darauf, dass etwas geschehen würde.

Es gibt verschiedene Bezeichnungen für diesen Vorgang, sagte die Frau.

Vögeln!, rief Kathrin.

Die Frau bekam einen roten Kopf. Wenn du etwas zu sagen hast, kannst du deine Frage aufschreiben und in die Schachtel werfen, sie begleitete ihre Worte mit spastischen Bewegungen.

Es war keine Frage, sagte Kathrin.

Kichern hinter vorgehaltenen Händen.

Die Schachtel hatte einen Schlitz im Deckel.

Jungfrau unberührt, Vorsicht Hygiene, Sylvie schaute aus dem Fenster, ein Flugzeug zog einen weißen Strich im Blau des Himmels. Hymen. Ovularien. Hormone. Zyklus. Wortfetzen flogen durch das Schulzimmer, Ehe, Konfession und Ausbildung und die Erfüllung der Mutterschaft, Arbeit und Kindererziehung, und wo führt das hin. Beischlaf. Eisprung. Schwangerschaft.

Gefallene Mädchen.

Das uneheliche Kind.

Ein Dolchstoß. Das Allerschlimmste vom Schlimmsten. Er nimmt dir den Atem, er zerstört deine Zukunft, dieser amorphe, namenlose Wurm, ein Blutwurm saugt sich fest in deinem Körper, fest im Unterleib, er bestimmt von nun an dein Leben unbarmherzig rücksichtslos die Scham die Schande als Wucherung Zeugnis deines Versagens neun Monate vor dir hergetragen als Mal in die Stirn eingebrannt ein großes S für Schlampe lebenslänglich.

Einmal sah Sylvie ein Bild in einem Fotomagazin, sie musste sehr lange hinschauen. ‹Kollaborateurin Chartres 1944›, stand darunter, eine Straße, viele Menschen, vorne rechts eine junge Frau, fast ein Mädchen noch, ärmlich gekleidet. Sie war kahl geschoren, Verzweiflung stand ihr im Gesicht, in den Armen trug sie ein in Lumpen gewickeltes Baby, die Leute lachten, und endlich begriff Sylvie. Diese Frau verkörperte die äußerste Verkommenheit, die größtmögliche Schande, ein Bastard und dazu vom Feind gemacht, Hure und Verräterin, zweifach gebrandmarkt. Die Haare würden wieder nachwachsen, das schon, aber Sylvie hatte Mitleid mit der Frau, eine große Wut überkam sie, sie schlug mit der flachen Hand auf das Bild, auf die Köpfe der lachenden Menschen, die das Opfer vor sich hertrieben. Wer ist denn schon gefeit, man muss sich nur in der Nachbarschaft umschauen. Nathalie aus dem Reihenhäuschen Nr. 25, die ganze Straße weiß, dass sie in Umständen ist, in anderen, der Erzeuger des Kindes ein Fremdarbeiter und dazu noch einer von ganz unten aus dem Süden, womöglich ein Sizilianer, andere flüstern hinter vorgehaltener Hand, es sei der eigene Vater gewesen, das wäre jetzt aber mal ein echter Skandal! Es kam der Tag, da Nathalie es nicht mehr verbergen konnte, vorgestern hat Sylvie es gesehen, unter dem Kleid wölbte sich der Bauch, was schaust du so blöd, hat Nathalie gefragt, Sylvie erschrak, nein, nichts,

nichts, sagte sie. Nathalie ist zusammen mit Sylvie in den Kindergarten gegangen. Tschinggenmatratze!, rufen ihr die Kinder in der Straße nach, schon die Kleinsten sind versiert in der Kunst der Demütigung. Auch die Frau, die vorn im Klassenzimmer stand und mit einem Stock auf irgendwelche anatomischen Bilder zeigte, war darin bewandert, Sylvie sah den Hochmut und die Scheinheiligkeit in ihren Augen, als sie die Zettel mit den Fragen, anonym mit Tinte und Feder auf Zettel gekritzelt, direkt vom Tisch in den Papierkorb wischte, meisterhaft. Kein einziger fiel auf den Boden.

Nach der Stunde wollten alle alles schon gewusst haben, pah, sie standen in Gruppen beieinander, oh Gott, viel Neues hat die nicht erzählt.

Und ob. Das Lächeln auf ihren Gesichtern verriet sie. Die Lektion hatte alles nur noch komplizierter gemacht. Es gab keine Logik, nur Widersprüche und unbeantwortete Fragen. Früher war die Zukunft ein fein gesponnenes Band mit glatten geschliffenen Seiten gewesen, das sich irgendwo verlor, geheimnisvoll, aufregend, man konnte sich Schritt für Schritt an dieser Linie entlangtasten, besonnen, manchmal innehaltend. Jetzt zerfaserte das Band, verhedderte sich, ein wirres Knäuel mit sieben Enden.

Sylvie hasste die Frau.

Wäre doch nur die Zeit stehen geblieben, damals, als Elsa zur Welt gekommen war. Die Fotos im Album. Sylvie auf dem Sofa, sie lacht in die Kamera, das Baby im Schoß. Beide sind von einem goldenen Lichtschimmer übergossen und unversehrt. In Sylvies Erinnerung jetzt der Geruch nach frischer Farbe, sie waren erst kürzlich in die Wohnung eingezogen, alles war neu und hell und das Kinderbettchen in ihrem Zimmer willkommen. An dem Tag, als Andreas sie auf ihr Bett stieß und ihr die Unterhosen runterziehen wollte, sie schlug mit dem Kopf gegen die Wand, an diesem Tag ahnte Sylvie, dass die Zeit vorüber war und sie sich wappnen musste.

Sie sprang auf und ging hinaus, du Ekel, sagte sie.

Er folgte ihr in den Korridor, wollte sie am Arm packen, tu doch nicht so, seine hohe Stimme brach. Die Erwachsenen saßen im Wohnzimmer, sprachen über die Kinder. Der Resli ist Klassenbester, sagte seine Mutter, der Lehrer meint, er müsse einmal studieren. Die Männer redeten über Politik. Es roch nach Kaffee und Sonntagsgebäck, und Sylvie wünschte sich, sie wäre katholisch.

Die Beichte würde sie von allem freisprechen. Sie würde das Gefäß, das mit Schmutz angefüllt ist, ausgießen, es würde mit Vergebung gespült und alle Sünden würden getilgt, jeder unkeusche Gedanke, jede Lüge, jeder Tritt gegen ein Schienbein, jedes laute Wort wäre ungeschehen gemacht. Das Gefäß würde in kristallener Reinheit glänzen, bereit, neue Schuld aufzunehmen, ja, sie war schuldig, sie hätte ihn nicht in ihr Zimmer nehmen dürfen, sie hätte es besser wissen müssen, und sie beneidete ihre

Freundin Anna um die Beichte und um das Blut Christi und die Hostie.

Unauslöschlich ist die Erinnerung an jenen Tag, Annas Erstkommunion, Sylvie war als beste Freundin dazu eingeladen. Eine Schar himmlischer Wesen, blumenbekränzt, eine Kerze in der Hand, das Leuchten in den Augen und, wie Anna ihr flüsternd anvertraute, alle mit leerem Magen, damit die Hostie nicht befleckt würde durch das Frühstücksei oder ein Marmeladebrot.

Der Weihrauch, die Gesänge und der Heilige Geist kamen über Sylvie, und sie sah, wie Anna dort kniete und mit geschlossenen Augen den Mund öffnete, wie ihre Zähne zwischen den korallenroten Lippen schimmerten, wie der Priester die Hostie auf Annas Zunge legte und wie Anna den Kelch entgegennahm und ihre Fingerspitzen die Hand des Priesters berührten, wie Anna den Kelch an die zitternden Lippen führte und einen Schluck vom Blut Christi trank.

Als die Chorknaben einen Gesang anstimmten, durchfuhr Sylvie ein Schauer, und ein Abgrund tat sich auf.

Auf der einen Seite waren die schlecht gereinigte Wandtafel, der Geruch nach Kreide und Putzmittel und die kleine dürre Sonntagsschullehrerin mit dem Sprachfehler und den Brillengläsern dick wie Flaschenböden, der dünne Gesang ohne Begleitung und einstimmig.

Auf der anderen Seite der Weihrauchduft und die flammenden Gewänder, der junge Priester mit der hohen Stirn, der Anna den goldenen Kelch reichte, die Hände, die sich berührten, und der Engelsgesang aus glockenreinen Knabenkehlen.

Die Erkenntnis, dass sie nie an diesem Reichtum würde teilhaben können, stürzte auf Sylvie ein. Sie war überzeugt, dass sie mit der Hostie eingeweiht wäre in ein Geheimnis, das immun macht gegen alle Widerwärtigkeiten, wie Wasser auf Glas würden Verlockungen an ihr abprallen, und bei der Frage nach der Konfessionszugehörigkeit würde sie ‹katholisch› angeben. Viel später einmal vertraute ihr jemand an, im Kelch sei nur Traubensaft und die Hostie nur trockenes, brüchiges Fladenbrot und man tue nur so, als ob. Sylvie war enttäuscht. Sie beschloss, sich in Zukunft bei ‹übrige› zu melden, wie Mirjam, die Schöne mit den Mandelaugen, die jeden Samstag ohne Tasche und zu Fuß zur Schule kommt und die von einer Aura des Geheimnisvollen umgeben ist.

17

Der Schmerz hat etwas nachgelassen.

Morgen würde sie mit Elsa und Lucas den Zoo besuchen, bevor sie in die Klinik gingen.

Elsa war letztes Mal völlig hingerissen vom Schimpansenbaby. Das Äffchen klammerte sich an seine Mutter und schaute mit großen Augen zu ihnen herüber. Elsa lockte es mit Zischlauten, sie steckte die Hand durch das Gitter und wollte das Äffchen streicheln. Sie holte ihren Apfel aus der Tasche, biss ein Stück davon ab und hielt es dem Affenkind hin. Die Affenmutter nahm das Stück und aß es.

Elsa war empört. So gemein!, rief sie. Es war für das Kind!

Die umstehenden Leute lachten.

Elsa drehte sich um und rannte davon, murmelte etwas von einer Rabenmutter und biss wütend in ihren Apfel. Sie mussten Elsa suchen und fanden sie schließlich beim Ausgang, wo sie sich in aller Ruhe die Ansichtskarten anschaute.

Noch besser wäre es, den Zoobesuch als Überraschung nach der Klinik anzukündigen, das würde dem Sonntag ein unverhofftes Glanzlicht aufsetzen und ihnen allen zwei Stunden Unbeschwertheit und Vergessen schenken.

Diese Krankheit verändert die Persönlichkeit, sagte der Doktor, sie standen sich in dem schäbigen kleinen Raum gegenüber, das müssen Sie verstehen.

Wie können Sie das wissen, erwiderte sie und schaukelte den Kinderwagen, Sie haben ihn ja vorher nicht gekannt. Der Doktor schaute sie einen Augenblick irritiert an, aber er hatte sich sofort wieder unter Kontrolle. Ich weiß es, weil das mein Fachgebiet ist, sagte er, die Augenbrauen leicht hochgezogen.

Kennt *sie* ihn? Wäre es möglich, dass seine Wahrnehmung der Welt die richtige ist, sie aber sich täuscht in allem, was die Wirklichkeit herzeigt? Weiß sie, was in ihm vorgeht, wenn er, über ein Blatt Papier gebeugt, still und sehr konzentriert seine Kohlezeichnungen hinwirft? Wer war er, als sie sich zum ersten Mal begegneten, beim Maskenball, sie sah nur seine Hände, die verrieten ihn, schmalgliedrig und von großer Kraft, und als sie ihm um Mitternacht die Maske vom Gesicht zog, da ahnte sie, dass etwas geschehen würde.

Papierschlangen und Konfetti wirbelten durch die Luft, im Saal war ein Tumult, die Kapelle spielte eine Polka, aber sie schauten sich an und gingen schweigend hinaus in die frostkalte Nacht. Er stützte sie, ihr Gang in den Stöckelschuhen war unsicher und die Straße spiegelglatt.

In der Mitte der Brücke blieben sie stehen und beugten sich über die steinerne Brüstung.

Etwas wird sein, sagte er, siehst du, wie die Sterne vom Himmel tropfen?, und er deutete hinab in die Schwärze.

Sie lachte, wie meinst du das, sah die zitternden Lichtfäden auf dem Wasser.

Er legte den Arm um ihre Schulter.

Auf dem kalten Stein lagen Gesichter aus Pappmaché, der Harlekin und die Schickse mit dem Kirschmund.

Wir lösen uns vom sicheren Ufer, sagte er, wir haben den festen Grund verlassen, fühlst du es, wir überlisten die Schwerkraft und lassen uns tragen.

Sie küssten sich und merkten nicht, dass Schnee sich auf Haar und Schultern legte.

Ein schwebender Sommer fügte sich an den ersten Frühling, er hatte eben sein Studium beendet. Kanufahrten auf stillen Flüssen, das Sonnenlicht gefangen in Trauerweiden. Die Zweige schleiften sachte über das Wasser. Das Boot wurde von der Strömung weggetragen, wohin, es war einerlei.

Seine Augen sogen die Landschaft in sich auf. Zu Hause warf er das Gesehene in schnellen Strichen auf ein Papier. Die Skizzen bewahrte er in einer Kartonmappe mit grüner Marmorierung auf, das Vermächtnis ihrer ersten Liebe und ihrer Lust, manchmal fielen sie irgendwo mitten im Unterholz, zwischen Felsblöcken, hinter aufgestapelten Baumstämmen übereinander her. Im Winter erkundeten sie verschneite Schwarzwaldhöhen, das Knirschen der Skier im Harsch, der Geruch der nassen Felle nach dem Aufstieg. Sie standen, auf die Skistöcke gestützt, und schauten vom Hügelkamm ins Tal, ließen die Äste der Tannen hochschnellen, Schnee rieselte auf sie herab. Die Abfahrten über einsame Hänge, weit geschwungene Spuren in unberührten Schneefeldern. Es kam vor, dass ihnen in einem Gasthaus ein Doppelzimmer überlassen wurde, ohne dass jemand danach fragte, ob sie verheiratet seien. Sie schmiedeten Pläne. England, Frankreich, Amerika, in ein, zwei Jahren würde das ersparte Geld reichen. Abends aber drang diese schnarrende Stimme aus dem Lautsprecher in die Küche hinein, fraß sich in die Gesichter, die Gesten erlahmten, und das Lachen erstarb. Die heraufziehende Katastrophe war eines Tages plötzlich Teil des eigenen Lebens, Zukunftspläne wurden überflüssig. Aber die Sehnsucht nach Unversehrtheit und Unbekümmertheit war stärker, sie versuchten, die Angst und die Entbehrungen aus ihrem Leben zu verbannen, als hätten sie geahnt, dass das Blatt sich wenden könnte. Im Inserat, Damen- und Kinderkonfektion, war von 400 Franken die Rede gewesen. Sie nahm die Stelle an, obwohl tatsächlich nur 370 bezahlt wurden, und stahl jeden Monat für genau 30 Franken Ware, nicht mehr und nicht weniger, versteckt im BH, in der Tasche, hier ein Paar Handschuhe, da ein Foulard, Gerechtigkeit muss sein. Am Ende waren es Höschen, winzige

Jäckchen, sie stahl sich die ganze Babyaussteuer zusammen, alles in Blau, darin täuschte sie sich, es sollte ein Mädchen werden. Als ihr Bauch unübersehbar wurde, erhielt sie die Kündigung. Eine Mutter muss ganz für ihr Kind da sein, sagte der Chef, nicht wahr.

Sie stand in der Küche der Zweizimmerwohnung, füllte Milch in die Saugflasche und wartete auf ihren Mann, der vom Grenzdienst in den Urlaub kam.

Man richtete sich ein zwischen Sandsäcken, Rationierungsmarken und Uniformierten, wer hätte schon klagen wollen angesichts der Nachrichten, die von *draußen* kamen. Was dort geschah, überstieg ihr Vorstellungsvermögen, trotz der Bilder in den Zeitungen und der Meldungen im Radio. In den Momenten des Glücks, es konnte durchaus eine Tasse Kaffee sein, der nicht nach Zichorie schmeckte, glitt ihr Blick weg. Sie stand am Fenster, folgte dem gehetzten Flug der Schwalben und klaubte den Kitt aus den Glasfugen. Tief liegende Kähne fuhren den Fluss hinauf, die gekräuselte Wasserlinie glitt in Wellenbewegungen an den schwarz glänzenden Schiffsbäuchen vorbei. Sie zählte die Autos auf der Brücke, die Straßenbahnen, die Fußgänger, die Brauereifuhrwerke mit den sandfarbenen stämmigen Pferden waren selten, sie lauschte dem Klappern nach, bis es sich in einer Gasse verlor. Manchmal ertappte sie sich beim

Selbstgespräch, dann steckte sie die Bedenken und das schlechte Gewissen mit einem Schulterzucken weg. Den Kaffee brachte die Schwiegermutter mit, hin und wieder auch ein Stück Fleisch, eine Flasche Öl, und wenn sie gegangen war, lag ein Geldschein auf dem Küchentisch, wie zufällig liegen gelassen. Ach lass, sagte sie in ihrem süddeutschen Dialekt und winkte ab, es geht uns doch gut. Wie hätte sie wissen können, dass ihr Mann drei Jahre später bei seinem Tod nicht nur seine umfangreiche Briefmarkensammlung und drei angefangene Romanmanuskripte – ihr Inhalt wurde tunlichst verschwiegen –, sondern auch einen Berg Schulden hinterlassen würde, die Angestellten der kleinen Import-Export-Firma entlassen, das Haus samt Umland und Stilmöbel verkauft, sie selbst zu ihrer Tochter in das Reihenhäuschen ziehen und fortan, von Kummer und Scham zerfressen, keinen Fuß mehr auf die Straße setzen würde.

Ich dachte, ich schau mal schnell vorbei, sagte sie jeweils, wenn sie in eleganten Schuhen, Seidenstrümpfen und mit ihrem kleinen schiefen Hütchen vor der Tür stand, es kam oft vor, denn ihr Mann, ein hoher Offizier, war, wie die meisten Männer damals, selten zu Hause. Ich komme lieber zu euch, weißt du, sagte sie. Sie konnte sich nicht damit abfinden, dass ihre Tochter einen Arbeiter geheiratet hatte, der sein Geld für bizarre Liebhabereien und mit zwielichtigen Freunden auf der Pferderennbahn verprasste, diese Null, dieser hergelaufene Prolet, wie sie ihn nannte, Kanarienvögel, ich bitte dich!, und sie freute sich mit ihnen an ihrem Kind, an den ersten Schritten, am ersten Wort, an der ersten hingekritzelten Zeichnung, drei Kopffüßler. Mutter. Vater. Kind. Draußen versank die Welt im Chaos. Dumpf wiederhallten die Einschläge jenseits der Grenze, niemand wusste, wohin die Bomben fielen, man las es anderntags in der Abendzeitung. Nachts lag die Stadt verdunkelt, fadendünne Lichtstreifen sickerten zwischen den Jalousien durch, und keine Schritte hallten in den Straßen.

Oft kamen Freunde, sie saßen auf der Veranda über dem träge dahinziehenden Wasser, tranken billigen Wein, wünschten sich was und spuckten dazu in den Fluss, den einzigen noch offenen Weg zum Meer, seine Ufer aber in Flammen. Wir Dagebliebenen, sagten sie und stießen mit den Gläsern an, am Abend jenes Tages im Frühjahr, als die halbe Stadt sich in die Berge absetzte, man befürchtete einen unmittelbar bevorstehenden Angriff. Im Radio wurde gemeldet, es gebe keine freien Taxis mehr, die Ausfallstraßen nach Süden seien verstopft und sämtliche Hotelzimmer in der Innerschweiz belegt.

Einmal brachte ein Freund einen Lachs mit, den er im Fluss gefangen hatte. Schade, sagte er, als er den Fisch schuppte und ausnahm, er hat leider keinen Ring im Bauch. Sie lachte, und wenn schon, besser so, die Götter sind gnadenlos in ihrem Neid, Polykrates hat sein Pfand vergeblich ins Meer geworfen.

Als sie wieder schwanger wurde, hatte die Mutter auf Sylvies Zeichnungen einen vorgewölbten Bauch mit einem larvenartigen Gebilde darin, der Vater hochgezogene Mundwinkel, einen Hut auf dem Kopf, der zu schweben schien, und der Krieg war zu Ende.

18

Der Mann im Regenmantel schaut zu Elsa herüber. Ihr Herz klopft bis zum Hals. Sie kriecht rückwärts durch das Unterholz und rennt, strauchelt über eine Wurzel, rappelt sich hoch. Sie hört nicht auf zu rennen, bis sie bei den Felsen angekommen ist. Die Felsbrocken liegen wie hingestreut dort, wo der Hang jäh in ein kleines Tobel abfällt.

Elsa versteckt sich hinter einem großen Stein. Auf der Straße oben fahren Autos. In der Ferne klingelt eine Straßenbahn. Nur ja keinen Laut von sich geben. Ganz vorsichtig guckt Elsa hinter dem Stein hervor. Niemand ist zu sehen. Aber Elsa getraut sich nicht hervor. Der Mann könnte sich hinter einem Baum verstecken. Er könnte den Weg heraufkommen, genau in dem Augenblick, in dem Elsa hinter dem Felsen hervortritt.

Elsa will warten, bis es dunkel ist.

Ein stechender Schmerz ist unterhalb des Knies. Elsa gräbt die Fingernägel in den Arm, der Schmerz im Bein lässt nach.

Sie nimmt die Kastanie aus der Schürzentasche.

Sie legt die Kastanie an die Wange und rollt sie mit der Handfläche hin und her.

Elsa ist froh. Ihr Mäntelchen ist braun und die wollenen Strümpfe sind braun. Niemand kann sie sehen. Hätte sie das gelbe Kleidchen an, wie würde es leuchten im dunklen Wald! Der Stoff des Kleidchens glänzt. Wenn Elsa mit den Fingern darüber fährt, fühlt er sich glatt und geschmeidig an. Keines der Mädchen in der Straße, nicht im Kindergarten und überhaupt in der ganzen Stadt hat ein solches Kleidchen, wie Elsa es hat. Wenn es kühl ist, sagt Mama, Elsa müsse eine Jacke anziehen, aber das kommt überhaupt nicht in Frage. Natürlich kann Elsa das gelbe Kleidchen nur im Sommer tragen, aber jetzt ist Herbst, und niemand kann sie sehen in ihrem braunen Mäntelchen und den braunen Strümpfen, so wie sie hier auf dem Boden kauert. Und als der König Elisa erblickte, erschrak er sehr, denn die böse Stiefmutter hatte sie mit Walnusssaft eingerieben und das Antlitz mit einer stinkenden Salbe bestrichen. Kein Wunder, konnte der König Elisa nicht erkennen! Elisa aber legte sich auf das weiche Moos nieder und lehnte ihr Haupt an einen Baumstumpf. Es war ganz still und die Luft war mild und Johanniswürmchen leuchteten überall wie kleine bunte Lämpchen.

Elsa presst ihren Rücken an den Stein. Von den Füßen steigt feuchte Kälte hoch.

Elsa will warten und sich auf die Herbstmesse freuen. Vielleicht sind die Liliputaner wieder hier, die voriges Jahr in der Vorweihnachtszeit im Warenhaus ausgestellt waren. Sie wohnten in einem Schaufenster in der Spielwarenabteilung. Die Wohnung hatte zwei Schlafzimmer. Küche. Stube. Die Möbel waren nicht größer, als wie für kleine Kinder bestimmt. Die Bettchen hatten rotweiß gewürfelte Decken. Die Liliputanermutter stand in der Küche am Herdchen und kochte für die Kindchen das Mittagessen. Der Liliputanervater saß auf einem Stühlchen und las die Zeitung, die normal groß war. Er hatte kurze Arme und einen großen Kopf. Die Liliputanerkinder spielten in ihrem Zimmer mit Bauklötzen, die auch normal groß waren.

Im Übrigen, fand Elsa, war die Einrichtung nicht anders als die Einrichtung im Kindergarten.

Aber auch ohne die Liliputaner gehört die Zeit der Herbstmesse zu den Tagen, die glänzen wie die Perlmuttknöpfe auf der Strickjacke.

Der Geburtstag. Ostern. Weihnachten.

An Weihnachten wird Papa bestimmt wieder zu Hause sein. Elsa wird singen, Macht hoch die Tür die Tor macht weit, und das Fenster weit aufreißen, damit das Christkindlein sich beim Hereinfliegen die Flügel nicht beschädigt. Das schönste Geschenk, das das Christkind letzte Weihnachten gebracht hat, war das Märchenbuch mit den bunten Bildchen, die man einkleben konnte. Sylvie hat dabei geholfen, weil Elsa erst bis zehn zählen kann. Die Bildchen mussten der Reihe nach eingeklebt werden, sonst stimmte die Geschichte nicht. Mama liest Elsa die Geschichten vor, und Elsa schaut die Bildchen an. Manchmal hilft Sylvie auch beim Ausschneiden der Papierbogen mit den Anziehpüppchen. Es gibt Stellen, da muss man besonders vorsichtig sein, sonst fehlt plötzlich etwas, wusch!, hat das arme Kind einen Arm oder ein Bein weg, oder ein Stück vom Kopf ist weggeschnitten. Wie damals, als Elsa nach dem Streit mit Paula die roten Pompons ihrer Tiger-Pantöffelchen abgeschnitten hat. Ein Schnitt, und weg waren sie. Oh, wie musste Paula weinen. Niemand fand heraus, wer es gewesen war, weil am anderen Tag der Scharlach in den Kindergarten kam und alle Kinder drei Tage lang zu Hause bleiben mussten und erst wieder hingehen durften, nachdem das Zimmer und der Flur, die Stühle und Bänke und überhaupt alles mit einem Mittel eingesprüht worden war, es stank noch wochenlang davon.

Die Pompons warf Elsa auf dem Heimweg in einen Gully. Zu Hause legte sie die Schere wieder in Mamas Nähkistchen.

Mit der Schere kann man auch Löcher in die Strümpfe schneiden.

Neben den Perlmutt-Tagen gibt es solche, die eine besondere Farbe haben, aber nicht so schön glänzen.

Früher gehörten die Sonntage dazu.

Jetzt hat der Sonntag keine Farbe.

Der Sonntag ist matt wie Milchglas.

Morgen wird Elsa für Papa das Geschenk mitbringen. Papa wird sich darüber freuen. Er wird es in den Händen hin und her drehen und es von allen Seiten anschauen und sagen: Die Ziege ist sehr schön, Elsa. Du hast mir damit eine große Freude gemacht, und dabei hat Elsa doch gar nicht gesagt, dass es eine Ziege ist!

Elsa legt den Kopf zur Seite, zieht die eine Schulter hoch und reibt die Wange am Mantelkragen.

19

Lucas hat Glück.

Vor ihm hält ein blaues Flugzeug und niemand steigt ein. Die Bahn beginnt sich zu drehen, Flugzeuge und Hubschrauber kreisen ein paar Runden knapp über dem Bretterboden. Endlich ertönt das Zischen der Pressluftpumpe. Lucas zieht am Knüppel. Das Flugzeug schraubt sich langsam in die Höhe, es kreist und kreist, und Lucas schaut hinunter und sucht in der Menschenmenge den roten Mantel. Er lässt den Knüppel los, das Flugzeug senkt sich, und er zieht am Knüppel, und das Flugzeug steigt.

Das ist das Größte, das ist einfach das Größte.

Lucas ist Pilot einer DC-4.

Er fliegt nach Amerika, wohin denn sonst, in die Heimat von Winnetou und Old Shatterhand, er fliegt über Felder und Wälder, über Hügel und Täler und sieht von oben die wunderbaren Brücken, die Vater gebaut hat, breite und schmale, und auf den Brücken fahren Autos hin und her und gehen die Leute sicher und frohen Mutes von einem Ufer zum anderen. Die Straßen in Amerika sind natürlich alle größer und breiter und die Brücken höher und die Tunnels länger als die in der Schweiz, wie überhaupt alles in Amerika größer und breiter und höher ist.

Manchmal versucht Lucas vor dem Einschlafen, sich Nscho-tschi, Winnetous Schwester, vorzustellen, bestimmt ist sie schön mit den langen schwarzen Haaren, aber nicht so schön wie Helga, und wenn er mit einer ginge, wäre es Helga, und wenn er mit einer in der Höhle lebte wie Peter und Eva in ‹Die Höhlenkinder im Heimlichen Grund›, müsste es Helga sein. Er, Lucas würde vor sie hintreten und sagen: Das Jagen ist Mannesarbeit, du mach zu Haus deine Sach, und er würde frohgemut die behagliche Höhle verlassen, den Faustkeil in der Rechten, und einen Bock erlegen, vorsichtig und eilig würde er durch die hereinbrechende Dämmerung heimkehren und den Zoll der Bewunderung seiner Lebensgenossin in reichem Maß ernten, wenn sie staunend das mächtige Geweih des Rehbocks hin und her wendete, sie aber würde sagen: Ja merkst du nicht, was ich derweil gemacht habe!, und in der Höhle wäre eine Ordnung wie noch nie, er aber würde ihr und sich das Mahl zuteilen auf Lattichblättern, Stücke der Lunge und der Leber und des Herzens, aber besser als die zähen Herzmuskeln würden ihm die Klumpen halb geronnenen Blutes aus den Herzkammern schmecken, beide würden heißhungrig die überwürzte Atzung verzehren, und am Rande des prasselnden und züngelnden Feuers würden die Kastanien fröhlich hüpfen und knistern.

Das Wort ‹Atzung› musste Lucas im Wörterbuch nachschlagen.

Peter und Eva.

Ben und Sylvie.

Einmal hat er die beiden zusammen auf einem Mäuerchen sitzen sehen. Ben hatte seine Hand auf Sylvies Knie. Manchmal legt Ben den Arm um Sylvies Schulter. Sie stehen an einer Ecke und reden. Vermutlich ist, als Äußerstes, auch Küssen dabei. Die Höhlenkinder allerdings haben sich das ganze Jahr hindurch nie geküsst und überhaupt sich nie berührt, soweit das im Buch festgehalten war, und Lucas lässt das Flugzeug steigen und sinken und wieder steigen, er sucht Helgas roten Mantel in der Menschenmenge, und wie es wohl wäre, mit Helga zu gehen.

Lucas und Helga.

Helga. Helga.

Helga sitzt oft auf dem Brunnenrand und schaut schweigend den Kindern beim Spielen zu. Hin und wieder lacht sie, und wenn sie sich mit ihrer Schwester auf Ungarisch unterhält, klingt es sonderbar. Wenn aber Helga ihr gebrochenes Deutsch spricht, zerdehnt sie die Laute, es ist wie eine Melodie, eine einzige Melodie, Lucas könnte stundenlang zuhören, wenn Helga Deutsch spricht.

Im Sommer war es ihm ein paar Mal gelungen, sein Badetuch neben ihr Badetuch zu legen. Er lag auf dem Bauch, den Kopf in der Armbeuge, er konnte Helga von der Seite anschauen und sah ihren Hals, die nassen Haare, ihre Schulter, manchmal sogar die Achselhöhle. Er roch das Gras und hörte aus der Ferne das Lärmen der badenden Kinder. Wenn er aber vom Dreimetersprungbrett einen Kopfsprung machte, schaute er schnell zu Helga hin, ob sie es wohl sehe. Einmal hat er sich anerboten, sie hinten auf dem Fahrrad aufsitzen zu lassen. Sie lachte und schwang sich seitlich auf den Gepäckträger. Lucas hoffte, sie würde ihre Arme um ihn legen, aber sie hielt sich nur am Sattel fest, und er wunderte sich, dass Helga lachte, nach allem, was sie hinter sich hat, man weiß doch, die Russen mit ihren Panzern, all die Toten in den Straßen von Budapest, die Helga ja auch gesehen haben muss. ‹Lieber tot als rot› stand auf einem in den ungarischen Farben bemalten Zettel, den einer der älteren Schüler eines Tages am Anschlagbrett in der Schule aufgehängt hatte. Lucas erschrak, als er es las. An wen waren diese vier Worte gerichtet? Galten sie auch ihm, Lucas? Wenn Totsein besser war als das andere, dann musste das andere unvorstellbar schrecklich sein. Lucas hat jedenfalls begriffen, dass ‹die Roten› ein Schimpfwort ist, das etwas mit den Russen und mit dem Kalten Krieg zu tun hat. Filips Vater ist ein Roter, aber man sieht ihm nichts an. Auch die Gelben sind ein Schimpfwort und auch die Schwarzen.

Eigentlich sind alle Farben Schimpfwörter außer Weiß.

In der Schule mussten die Kinder kleine Quadrate stricken, die irgendwo zu Wolldecken für die

Ungarn vernäht wurden. Lucas schaffte nur ein halbes. Außerdem wurde gesammelt, Schweizer Schokolade, Kleider von Schweizer Kindern und Spielsachen aus Schweizer Kinderzimmern wurden nach Ungarn geschickt, und jedes Kind schrieb einen Brief an ein ihm unbekanntes ungarisches Kind. An einem kalten Morgen wanderte die ganze Klasse mit der Lehrerin auf die Anhöhe zu dem Wehrmannsdenkmal hinauf, schaute nach Osten und schwieg, wenn es auch schwer fiel, drei Minuten lang, zusammen mit allen Menschen im ganzen Land, die auch drei Minuten lang schwiegen im Gedenken an die Opfer in Ungarn, und das Glockengeläut schwang über der Stadt. Von dort, aus dem Osten also, kam ein halbes Jahr später Helga und zog in eine Wohnung in Nummer elf ein. Lucas verstand nicht, was das Schweigen den Ungarn genützt haben könnte. Obwohl ihm diese drei Minuten vorkamen wie eine Ewigkeit, dachte er, für all das Schreckliche, das dort passiert sein musste, hätte man, wenn schon, länger schweigen müssen, eine Stunde vielleicht oder einen ganzen Tag. Ist denn sein einsames Schweigen vor dem Einschlafen, wenn er an Helga denkt, weniger nützlich als diese gemeinsam innegehaltenen Minuten? Könnte man die von jedem einzelnen Menschen geschwiegene Zeit nicht addieren zu einer riesigen stummen Zeitblase, in welche die gedachten Wörter hineingeschrieben wären, wie bei den Sprechblasen in den Mickey-Mouse-Heften?

Lucas schaute im Atlas nach, wie weit es von Ungarn bis in die Schweiz wäre. Er war froh zu sehen, dass ein großes Land sich zwischen den beiden Ländern von West nach Ost erstreckt. Bis die Panzer da durch wären, hätte man genügend Zeit, um alle nötigen Vorkehrungen zu treffen. Die mächtigen Betonblöcke, die man vom Zug aus in der Landschaft stehen sieht, würden die Panzer sowieso aufhalten, zusammen mit den Soldaten, die das Land beschützen.

Die Soldaten, wie Vater einer ist.

In der Schule haben die Kinder gelacht.

Dein Vater ist in der Klapsmühle!, haben sie gesagt.

Es stimmt nicht!, hat Lucas gerufen. Vater ist Sappeur! Er ist da draußen, wo die Flüsse sind und unsere schönen Berge! Er baut Brücken über Täler und Schluchten, und wenn die Panzer kommen, müssen sie gesperrt werden. Außerdem ist ja auch noch der Eiserne Vorhang. Der muss aus der Erde gewachsen und unendlich lang sein, denn er geht quer durch ganz Europa. Das hat Lucas in der Wochenschau gesehen, die im Kinderfilmclub gezeigt wurde, bevor der Laurel-und Hardy-Film begann. Auf der Leinwand sah man eine Karte von Europa. Der linke Teil war hell, der rechte Teil war dunkel, dazwischen war eine Linie gezogen, und eine Stimme sagte, das sei der Eiserne Vorhang. Am Ende der Filmvorführung flimmerte der Schriftzug

‹Nestlé-Peter-Cailler-Kohler› über die Leinwand, Musik ertönte, der Saal tobte, Hopp, Fip Fop!, Hopp, Fip Fop!, schrien alle und klatschten und trampelten im Takt dazu. Am Ausgang bekam jedes Kind eine Tafel Schokolade. Lucas brach in der Straßenbahn ein kleines Stück davon ab und ließ es auf der Zunge zergehen, und er war froh um die Linie, die auf der Leinwand von fast ganz oben bis fast an den unteren Rand durchgezogen war.

Aber eine leise Furcht blieb. Sollte es trotz allem möglich sein, dass die Panzer von Ungarn bis in die Schweiz gelangen könnten und es wäre richtiger Krieg? Dann würde Lucas nachts aufwachen. Er würde ein fernes Grollen hören, das sich näherte, er würde aufstehen und den Vorhang zur Seite schieben. An der Ecke tauchte ein Panzer auf und noch einer und immer mehr Panzer kämen die Straße herunter und rollten am Haus vorbei Richtung Stadtzentrum, die Raupen rasselten, die Richtkurbeln knarrten, oder die Panzer glitten lautlos über den Asphalt, sie glänzten unter den Straßenlampen, die Panzerrohre schwenkten aus, und Lucas würde schnell Mama und Sylvie und Elsa aufwecken, Papa wäre ja nicht zu Hause, weil er als Soldat das Land beschützte, und sie würden wegfahren und warten, bis der Krieg vorbei wäre, und auch die Sirenen würden bestimmt funktionieren.

Als im Sommer die Sirenen ertönten, eine Kontrolle, um zu prüfen, ob die Sirenen in Ordnung wären, falls der Krieg ausbrechen sollte, an jenem Nachmittag waren alle Kinder draußen beim Versteckspiel, da wurde Helga bleich und rannte weinend nach Hause. Das Geheul stieg auf und ab, es beschleunigte den Puls, und Lucas wartete jeden Augenblick darauf, dass etwas geschehe, er wusste nicht was, der Alarm war schon längst verklungen und noch immer schwebte ein ferner Ton über der Stadt. Lucas hatte Mitleid mit Helga, und er war froh, in der Schweiz zu leben, und er ist auch froh, dass Helga in die Schweiz gekommen ist. Hier ist man sicher, denn wenn die Sirenen funktionieren, kann nichts passieren.

An jenem heißen Sommerabend ging Lucas mit dem Vater zum Bahnhof.

Der Straßenbelag gab nach unter den Füßen.

Die Schatten waren lang und dunkelblau.

Um Viertel vor neun fuhr der Autozug. Auf den Wagen stand ‹Milano – Firenze – Roma›. Die Autos rollten hinten auf einer Rampe in den Zug hinein. Lucas stand mit seinem Vater auf dem Bahnsteig und schaute zu, wie die Eisenbahn die Autos verschluckte. Der Zug fuhr ab, die roten Schlusslichter verglimmten in der Nacht, Lucas aber saß in dem Zug. Vater saß neben ihm. Das Auto, ein viertüriger silbergrauer Chevrolet Sedan, stand mit angezogener Handbremse hinten in der glänzenden Raupe, 6 Zylinder, Power-Glide-Getriebe und flammende Kotflügel. Sie fuhren durch die tiefschwarze Nacht, an Dörfern und Städten vorbei, durch den Gotthardtunnel, und der Zug hielt weder in Milano noch in Firenze oder Roma oder sonst irgendwo, er fuhr weiter, immer weiter, und der Zug würde nie jemals irgendwo ankommen.

Im Bahnhofbuffet durfte Lucas ein Eis bestellen.

Die Sirenen haben heute gut funktioniert, nicht wahr, sagte Lucas, während er sein Eis löffelte, das unter der heißen Schokolade zu einer gelbbraunen Flüssigkeit schmolz.

Die Sirenen?, fragte Vater. Was meinst du?

Hast du es nicht gehört, heute Nachmittag haben die Sirenen geheult, sagte Lucas.

Die Sirenen …, sagte Vater. Er schaute schräg nach oben, als erwartete er eine Antwort von den Figuren auf dem großen Wandbild über ihnen, und Lucas wusste, was Vater jetzt eigentlich sagen wollte. Oh ja, wollte er sagen, die funktionieren immer einwandfrei, aber es wäre gar nicht nötig, wozu auch, es gibt sowieso nie mehr Krieg, völlig überflüssig, das wollte Vater eigentlich sagen, aber er war einfach zu müde, um zu reden, viel zu müde.

Jetzt sieht Lucas Helga, die über den Platz kommt, tatsächlich, es ist Helga, Lucas erkennt den roten Mantel unter Hunderten von Leuten, sofort, sie kommt über die Straße, das Flugzeug dreht sich weg, Lucas wendet den Kopf, Helga ist jetzt auf dem Platz angekommen. Lucas lässt den Steuerknüppel los, sein Flugzeug sinkt langsam, die Pressluft zischt und seufzt, so kann Lucas wenigstens winken, wenn er Helga sieht. Würde die Bahn nur endlich anhalten, lieber Gott, mach, dass die Bahn anhält, und ja, Helga ist immer noch da.

20

Sylvie schiebt sich durch die Drehtür des Musikgeschäfts. In der Plattenabteilung sind viele Leute. Sie stehen vor den Kästen und bewegen ihre Finger durch die Reihen der Kartonhüllen.

Bill Haley. Ricky Nelson. Elvis Presley. The Chirping Crickets.

Sylvie bekommt Gänsehaut an den Armen.

Fräulein, kann ich Ihnen behilflich sein?

Der junge Verkäufer zeigt ihr den Stapel mit den neusten Hits, Eddie Cochran, Dark Lonely Street, brandneu, auf der Rückseite Am I Blue.

Bitte, hier, sagt der Verkäufer. Die ist vorgestern eingetroffen. Aber beeilen Sie sich. Wir schließen in fünf Minuten.

Das Bild auf dem Plattencover. Eddie. Die Haartolle über der Stirn. Die Gitarre schräg über den eingeknickten Knien. Und dieses Lächeln.

Es haut dich um.

Sylvie triumphiert, bezahlt mit ihrem Taschengeld, sie wird dafür auf den Rummelplatz verzichten.

Sie kauft ein Frauenmagazin und hundert Gramm Veilchen-Bonbons am Kiosk, wartet auf die Straßenbahn, blättert im Heft, steigt aus. Geht schnell, schaut nicht links und rechts.

Im Lebensmittelladen schneidet die Verkäuferin, ein Hauch von Lila im frisch dauergewellten Haar, mit unerträglicher Langsamkeit ein Stück Käse ab und wickelt es in ein Wachspapier. Brot, Milch, Eier, Kartoffeln, Zucker, auf keinen Fall mehr als ein Kilo, die haben wieder gehamstert, heißt es sonst anderntags auf der Straße.

Einen schönen Sonntag, sagt die Frau an der Kasse und reicht ihr mit einem kleinen Kopfnicken das Wechselgeld.

Danke, sagt Sylvie, das wünsche ich Ihnen auch.

Ja, allen einen schönen Sonntag!

Verfluchter Sonntag.

Das Läuten des Telefons hallte durch die Wohnung, es wollte nicht aufhören. Elsa und Lucas schliefen schon.

Geh nur, geh, hatte Sylvie gesagt, wir kommen schon allein zurecht.

Mutter zog ihr unsägliches türkisfarbenes Kostüm an, steckte sich die Perlenklipse an, schüttete sich 4711 über die Handgelenke, ich komme nicht spät nach Hause, sagte sie, und Sylvie hörte sich zusammen mit Lucas das Hörspiel im Radio an.

Einen schönen Sonntag!

Die tranige Stille in den Straßen, als halte die Zeit inne.

Das Sonntagsgeschirr ist blau gemustert. Teller, Tassen, Untertassen, Kaffeekanne, Milchkännchen, Teekanne, Zuckerdose, Eierbecher.

Der karierte Wärmehalter wird über die Kaffeekanne gestülpt.
Das Messer kommt rechts vom Teller zu liegen.
Der Toaster steht auf der Kommode neben dem Radio.
Im Radio wird klassische Musik gesendet.
Das Frühstücksei ist gerade richtig, nicht zu fest und nicht zu flüssig.
Am Sonntag sind alle froh, weil niemand zur Arbeit und zur Schule gehen muss.
Am Sonntag wird nicht ausgeschlafen.
Am Sonntag wird gewandert, durch schattige Schluchten und über Juraweiden. Burgruinen tauchen im Nebel auf, lockend, gespenstisch. Der Geruch nach verfaultem Fallobst an den Wegrändern und nach moosbewachsenen Bruchsteinmauern. Sylvie und Lucas machen Feuer unter überhängenden Felsen und erforschen modrige Ruinen. Stehen, von einem wohligen Schauer erfasst, vor der Eisernen Jungfrau, die aber sieht nicht unberührt aus, die Spitzen auf der Innenseite der Tür sind rostig vom Blut, und Sylvie hat nicht übersehen, dass genau auf Augenhöhe die beiden dicksten und längsten Dorne sind, aber die Spitzen sind auch dort, wo bei einem Mann das Geschlecht ist, Sylvie nimmt jedenfalls an, dass es vornehmlich Männer waren, die in die Eiserne Jungfrau eingeschlossen wurden.
Im Frühjahr sticht Mama frischen Löwenzahn auf den Äckern, zarte weiße Spitzchen schauen aus

der Erdkrume. Vater erklärt Lucas die Bäume, die Blumen am Wegrand, die Formen der Wolken, und, wenn sie spätabends nach Hause kommen, das Planetensystem und die Sternbilder. Am Abend sitzt Vater im Wohnzimmer unter der Ständerlampe und zeichnet. Manchmal schaut Sylvie dabei zu, wie unter seiner Hand Landschaften entstehen, ein Platz mit Häusern, Menschen, und sie staunt, wie ein paar flüchtig hingeworfene Striche an den Augen, am Mund den Ausdruck eines Gesichts verändern können.

Warum habe ich die Gabe nicht von dir geerbt, Vater.

Am Sonntag kommt Besuch.

Mutter singt in der Küche.

Vater gießt den Wein ein.

Die Kinder sind artig.

Kämm dein Haar, Sylvie.

Mach keinen Buckel, Sylvie.

Deck den Tisch, Sylvie.

Wie geht es in der Schule, Sylvie?

Lucas spielt Blockflöte. Man setzt sich aufs Sofa, jemand macht ein Foto, still sitzen, bitte alle lachen, jaaa ... so ist es gut.

Ja, alles war gut.

Jetzt kommen selten Leute zu Besuch, aber neulich läutete jemand an der Haustür. Wer ist es, fragte Mutter. Sylvie guckte durch den Spion. Bestimmt ist es ein Hausierer!, rief Elsa und freute sich. Es war jedoch ein älterer Herr, er strich sich erwartungsvoll das schüttere Haar aus der Stirn, das Gesicht echsenhaft verzogen.

Es ist der Pfarrer, flüsterte Sylvie.

Oh nein, sagte Mutter, ich bin nicht zu Hause, aber da hatte Elsa schon die Tür geöffnet.

Er saß auf der Stuhlkante, drehte den Löffel in der Teetasse, spuckte die Worte aus wie Kirschkerne, vertrauen Sie auf Gott und auf die Kraft des Gebetes. Elsa feixte hinter der Tür. Beim Abschied nahm er Mutters Hand. Er legte seine Hand auf ihre Hand, als halte er ein kleines Tier gefangen. Sie sind in einer schwierigen Situation, ich weiß, sagte er, lassen Sie mich wissen, wenn ich etwas für Sie tun kann, und, zu Sylvie gewandt, wie geht es dir, ich habe dich schon lange nicht mehr gesehen.

Sylvie lachte verlegen, ja, ja, sagte sie, das letzte Mal war es bei meiner Konfirmation.

Das Mädchen hat den Kopf immer woanders, sagte er zur Mutter, das war schon im Unterricht so.

Ja, kein Wunder, sagte Sylvie leise, der Pfarrer war schon auf der Treppe, wo hätte ich denn meinen Kopf haben sollen, wo.

Unten schlug die Haustür zu.

Den Kopf woanders, ja, die Worte im Unterrichtszimmer verhallten ungehört, der Pfarrer stand vorn, seine Hände, die Fingerspitzen gegeneinander gepresst, wippten vor der Brust. Sprechblasen bildeten sich, gefüllt mit Silben, sie schwammen wie kleine silberne Fische über seinem Kopf, silberne Silbenfische, die Blase zerplatzte, wenn sie an die Hülle stießen. Die Fische reihten sich aneinander und formten Wortgefüge, die Sylvie nicht entschlüsseln konnte, aber sie war ganz und gar und mit jeder Faser ihres Körpers anwesend. Wo sonst gab es die Möglichkeit, im selben Raum mit zwanzig männlichen Wesen zu sitzen, sie von hinten zu beobachten, die breiten Schultern, die verschwitzten Haare, die scharrenden Füße. Unsichtbare Teilchen schwirrten durch die Luft, der Geruch macht dich schwindlig, die Mädchen mussten nicht antworten, wenn eine Frage gestellt wurde, und während der Mann redete, neigten sich heiße Köpfe über die aufgeschlagene Bibel, fuhren Zeigefinger die Sätze entlang, die untauglich sind für den Unterricht, wenn einem Mann im Schlafe der Same entgeht, der soll sein ganzes Fleisch im Wasser baden und unrein sein bis auf den Abend, das Buch Mose. Und wenn ein Weib ihres Leibes Blutfluss hat, sieben Tage hat sie unrein zu sein, und wenn ein Mann beim Weibe schläft und sie entblößt den Brunnen ihres Blutes, so soll sie aus ihrem Volk ausgerottet werden, und wird sie rein von ihrem Fluss, so soll sie sieben Tage zählen und danach soll sie rein sein. Und Sylvie zählte und rechnete und kam auf fast die Hälfte des Lebens, und in der Bibel konnten die Frauen dem Priester zwei Tauben bringen zum Wiedergutmachen, aber die Sünde lacht dir ins Gesicht, denn siehe meine Freundin, du bist schön, siehe du bist schön!, deine Lippen sind wie eine scharlachrote Schnur, deine zwei Brüste sind wie zwei junge Rehzwillinge, die unter den Rosen weiden, du, ein verschlossener Garten, eine verschlossene Quelle, tränken will ich dich mit dem Saft der Granaten, aber mein Freund steckte eine Hand durchs Riegelloch, Töchter Jerusalems, findet meinen Freund und sagt ihm, dass ich vor Liebe krank liege.

Würdet ihr zwei dort hinten bitte aufpassen, sagte der Pfarrer, das Hohe Lied im Buch der Bücher wurde hastig zugeschlagen.

Nach dem Unterricht stand man eine Weile auf dem Kirchplatz herum. Die Zeit verging schleppend, man drehte sich auf den Fersen, schaute bedeutsam in die Ferne. Die Jungen bewegten sich linkisch und lachten laut über ihre eigenen Sprüche. Geredet wurde nicht viel, nur ab und zu ein Wort, eine Bemerkung in die Runde geworfen, einerlei, was man sagte, alles war wesentlich, alles hatte das Gewicht der ganzen Welt, und gegen die Röte, die grundlos ins Gesicht schoss, gab es kein Mittel, das Hinschauen aber geschah schnell und verstohlen. Kurzärmlige Hemden und kurze Hosen, goldene Härchen auf den Beinen und Schweißtropfen auf den Oberlippen beim Gleichnis vom verlorenen Sohn. Als Jesus übers Wasser ging, zeichneten sich die Muskeln unter den T-Shirts ab, der Atem stand als weißes Wölkchen vor den halb geöffneten Mündern. Schnee auf den Wimpern und blau verfärbte Hände, die sich an Lenkstangen festklammerten beim Einzug in Jerusalem.

21

Helga ist immer noch da, sie ist stehen geblieben, schaut sich um, unschlüssig. Ihre Finger nesteln an den Haaren.

Das Flugzeug hält an, endlich, Lucas springt heraus. Er geht über den Platz, und da ist Helga, er grüßt sie, als wäre er überrascht, oh, Helga, was für ein Zufall, was tust du denn hier?

Ich warte auf Bettina, sagt Helga und streckt Lucas eine Maroni hin.

Willst du?

Danke, sagt Lucas. Es gelingt ihm, ganz schnell Helgas Handrücken zu berühren.

Kommst du mit auf die Himalaja, ich lade dich ein, sagt er.

Oh, gerne. Helga lacht, und Lucas wünscht sich, sie würde es noch hundertmal sagen.

Er holt zwei Fahrscheine, und dann steht er neben Helga, und sie warten schweigend. Lucas schält die Kastanie, langsam und bedächtig, er kostet ihre Wärme aus, eben noch lag sie in Helgas Hand.

Die Bahn hält. Lucas lässt zuerst Helga einsteigen und setzt sich neben sie, etwas von ihr weggerückt. Er klappt die Metallstange runter, der Schulranzen presst sich in die Rippen, die Bahn beginnt sich zu drehen, hält wieder, es steigen mehr Leute ein. Der

Mann steht auf dem Rand der drehenden Bahn, das ist das Größte, ein Fuß vor dem anderen, Schräglage, den Daumen im Gurt, jetzt springt er ab, die Bahn wird schneller, immer schneller, es nimmt Lucas den Atem. Er wird von der Geschwindigkeit nach außen gedrückt, er rutscht zu Helga, die sich an der Stange festklammert, und jetzt spürt er Helga neben sich, ihr Haar streicht über sein Gesicht, beinahe ist er versucht, den Arm um ihre Schulter zu legen. Helga kreischt, Helga lacht, sie hat den Kopf in den Nacken gelegt. Als die Bahn in voller Fahrt ist, schneller geht es nicht mehr, das ist das Größte, das ist einfach das Größte, wird plötzlich das Verdeck übergeschlagen. Mit einem knatternden Geräusch klappt sich die Plane auseinander und senkt sich auf die linke Seite. Der Himmel ist über Lucas, neben ihm ist Helga, Schneeflocken wischen über das Blau, ein Schneegestöber, ein einziger Taumel und Lucas mittendrin.

Er schließt die Augen, berührt ganz sachte Helgas Haar.

Die Bahn darf nicht aufhören zu drehen, sie muss weiter drehen, immer weiter, es gibt keine Gegenwart und keine Zukunft und keinen Sonntag, es gibt nur diesen einen Augenblick.

Ein Ruck, das Dach öffnet sich seufzend, faltet sich wie eine Ziehharmonika. Die Bahn verlangsamt ihre Fahrt, steht still.

Helga hat rote Wangen.

Das war schön, sagt sie. Danke.

Lucas stößt die Stange zurück.

Helga klettert aus dem Sitz, streicht ihr Haar zurecht, zupft am Mantel.

Ja dann, sagt Lucas. Bis bald.

Bis bald, sagt Helga und winkt Bettina, die über die Straße kommt.

Lucas wartet einen Augenblick unschlüssig. Er tastet nach Winnetou in der einen Hosentasche, nach der Tüte in der anderen. Der Türkenhonig fühlt sich klebrig an.

Lucas steigt in die Nr. 26. Er steht auf der hinteren Plattform, schaut hinaus, die Gleise verengen sich mit der Geschwindigkeit, mit der sich die Straßenbahn von Helga entfernt, er hört, wie die Jahrmarktsmusik leiser wird. Er flüstert Helga, Helga, er schreibt mit dem Zeigefinger unsichtbar die fünf Buchstaben ans Fenster, beinahe verpasst er die Haltestelle, wo er aussteigen muss.

Lucas geht schell. Er sieht den Atem als kleine weiße Wolke vor seinem Mund fliegen. Niemand ist auf der Straße. Auf dem Hügel ragt der Wasserturm hoch in den Himmel. Manchmal geht Lucas mit seinen Kollegen auf den Turm, die eisernen Stangen der Drehtür schlagen gegen die Scharniere, dröhnend hallt das Scheppern nach, Lucas kann die Höhe des Turms *hören*, das Echo währt unendlich lange. Sie rennen die Treppe hoch, die an der inneren Turmmauer entlangführt, zuoberst kommt die schmale

Wendeltreppe, 164 Stufen insgesamt, und beugen sich über die Brüstung, atemlos. Sammeln Spucke, den ganzen Mund voll, und lassen sie hinunterfallen, aber weder ein Aufklatschen noch ein Fleck am Boden zeigen an, wo sie gelandet ist. Die Stadt liegt unter ihnen, den Fluss können sie nur ahnen, in der Ferne schieben sich die Hügel in abgestuften Blautönen hintereinander. Leute spazieren auf den schmalen Wegen, sie sind winzig klein. Lucas stellt sich vor, wie ein Mensch aussieht, der vom Turm gesprungen ist, zerschmettert, die Glieder verrenkt, in einer Blutlache, oder vielleicht auf den ersten Blick, von oben, unversehrt, nur einfach reglos und friedlich.

Bei der großen Buche liegt etwas am Straßenrand.

Es ist Elsas Tretroller.

Ein Erschrecken fährt durch Lucas, ein einzelner Herzschlag, laut und heftig. Er überquert die Straße, nimmt den Roller und trägt ihn unter dem Arm. Schnell geht er die Straße hoch. Beim Waldrand bleibt er stehen und späht zwischen den Bäumen hindurch.

Lieber Gott, mach, dass Elsa zu Hause ist, sagt er leise.

Lieber Gott, mach, dass der Mann nicht gekommen ist.

Der Wind wirbelt Herbstblätter in die Eingangshalle, als Lucas die Haustür aufstößt. Lucas eilt in den Keller und stellt den Roller zwischen die Fahrräder.

22

Das Fenster ist weit geöffnet, draußen steht helles Herbstlicht, der scharfe Geruch nach Laubfeuer. Stimmen im Treppenhaus. Eilige Schritte. Türenschlagen.

In der Nachbarschaft wird über uns geklatscht, Mama, sagte Sylvie. Manchmal wird es still, wenn ich in die Bäckerei komme. Die Leute drehen sich nach mir um.

Lass sie reden, Sylvie. Der Klatsch ist ihr liebster Zeitvertreib. Wie Zecken saugen sie sich an jedem Unglück fest. Würde sich doch endlich wieder einmal etwas ereignen, das das eigene Leben retuschiert und aufpoliert! Ist er nicht von der Pfalzmauer gesprungen oder etwa gar vom Turm!, wurde Ihnen nicht die Wohnung gekündigt? Die Anteilnahme, Sylvie, hört sich klebrig an, und die Betroffenheit kommt allzu beflissen daher. Wie gut man es doch hat, die Selbstzufriedenheit als Schoßhündchen auf den Armen vor sich hergetragen, das wärmt so schön. Der Nachwuchs aber, an kurzer Leine gehalten und unvergleichlich in seiner Erscheinung und in allem, was er tut, und sei es noch so kümmerlich, lässt die Brust schwellen, und keine Versager weit und breit. Männer in Flanellanzügen, nass rasiert, mit ausgeprägter Kinnpartie, sind Garanten für Sicherheit, Madame, keiner vergisst je den Geburtstag seiner Ehefrau!

Jetzt musst du die Verantwortung übernehmen, wenn dein Mann versagt, hatte Jenny aus Mexiko geschrieben.

Oh ja, Schwester, er versagt in den kleinsten Alltäglichkeiten, aber du, du hast dich einfach aus dem Leben gestohlen, das wiegt schwerer, warum musstest du sterben, Jenny, es war nicht recht und es hätte ganz anders werden sollen. Die ersten Briefe waren voll Zuversicht. Jenny hat das große Los gezogen, sagten alle. Schön, reich, der Glamour. Eine Villa mit Meerblick inklusive Gärtner, Kindermädchen und Chauffeur. Aber bald schon die ersten Misstöne. Die Hitze. Die Kälte. Das Essen. Kakerlaken in den Schubladen. Die schlampigen Bediensteten. Zwischen den Zeilen deine Ohnmacht und Verzweiflung darüber, dass du keine Kinder bekommen konntest und darunter littest, oh ja, *dein* Versagen war augenfällig in Anbetracht der beiden verzogenen Jungen aus erster Ehe deines Mannes, auf den Fotos stehen sie in Matrosenanzügen mit grimmigem Blick und hängenden Schultern vor flirrend weißen Mauern oder blühenden Rhododendren. Unter einem der letzten Briefe stand ein PS: Er hat eine Geliebte, wie alle Männer hier, die es sich leisten können, es ist eine Frage des Geldes, nicht der Moral, du hast es gut. Wie war es gemeint, ich verstand es nicht, Jenny. Wenn du wüsstest, Schwester.

Aber der Schmerz, dass du einfach gegangen bist und die zerstörte Hoffnung, du würdest bald zurückkommen, der Schmerz ist schwer zu ertragen. Was bringt es mir, dass du an die Wiedergeburt glaubtest. Ich, Jenny, glaube an die Macht des Schicksals, bis jetzt habe ich ihr nichts entgegenzusetzen. Bei der Nachricht von deinem Autounfall in Arizona, zusammen mit einem fremden Mann, war meine erste Empfindung nicht Trauer, nein, ich beneidete dich um deine Verwegenheit. In einem Zinksarg kamst du nach Hause. Die Kränze waren schön, die Musik war schön, das Wetter war schön, ein lichter Maitag, die Kirschbäume standen in voller Blüte, die Abdankungsrede war gut gemeint und die Lebensdaten, die heruntergelesen wurden, trafen in allem zu, aber die Frau, von der gesprochen wurde, war mir fremd. Hätte nur *ich* reden können. Du bist deinen eigenen Weg gegangen, unbeirrt, so wie du alles im Leben gemacht hast, das hätte ich gesagt, noch im Sterben hast du die Liebe gefunden, ein einzelner Sonnenstrahl fiel durch ein Fenster und ließ die Rosen auf deinem Sarg in reinstem Purpur aufscheinen, ein kleiner wärmender Trost in der lieblosen Kälte der Abdankungshalle. Jetzt sind Astern auf deinem Grab, im Frühjahr waren es Narzissen und Osterglocken, ein ganzer Teppich. Wenigstens mussten Mama und Papa es nicht mehr erleben, sie wären daran zerbrochen.

Verwegenheit. Das kleine Zugeständnis, eine nächtliche Zigarette am geöffneten Küchenfenster. Wo bleibt die Sinnlichkeit, Schwester, da sogar Blicke an ihm abprallen, wie kleine Gummibälle, wer hält es denn aus, wenn einer über Wochen, Monate kaum ein Wort mit dir spricht. Du bist wie Luft, du bist weniger als ein Nichts. Würde er doch einmal zuschlagen, nur ein einziges Mal, Jenny. Einen Stuhl zerhacken. Geschirr aus dem Fenster werfen, wenn es sein muss das ganze Gedeck, blau gemustert und zur Zeit noch komplett. Das Aquarium, das er so hasst, eine spießige Geschmacklosigkeit hat er es genannt, mit einem Hammer zertrümmern. Würde er doch nur einmal zuschlagen, ich würde ihm meine Wange hinhalten, Jenny, glaube mir.

Wäre da nicht etwas Stärkeres. Was ist es, Schwester, wie wollen wir es benennen. Glaube Liebe Hoffnung stand über dem Wandbild im Treppenhaus unserer Schule, erinnerst du dich?, drei magere Frauen in blauen Gewändern, Köpfe und Arme grotesk verdreht, der Hintergrund flächig mit hingetupften Blumen. Die Flure waren kalt und dunkel, es roch nach Bohnerwachs. Wir trugen die Zöpfe lang und mit Seidenschleifen gebunden. Die Kleider – Blusen, Röcke, Strümpfe, gestärkte Schürzen –, die uns die Mutter am Sonntagabend über die Stuhllehne legte, mussten bis zum Ende der Woche sauber bleiben, du schafftest das kaum einmal.

Glaube Liebe Hoffnung. Damals machten die Worte keinen Sinn. In guten wie in schlechten Tagen, Jenny, das haben wir gelobt, du vor Gott, ich weiß nicht, wie die Worte auf Spanisch klingen, ich vor dem Standesbeamten, in guten wie in schlechten Tagen, eine Floskel, die, wie ich glaubte, uns nichts anging, und doch war in mir eine große Wahrhaftigkeit und Liebe, Jenny, als ich ja dazu sagte.

Man wird anspruchslos, Schwester, in diesen schlechten Tagen, freut sich an einem nicht ins Leere gesprochenen Wort, an einem Lächeln, an einer Antwort.

Das Leben meistern, ausharren, die verborgensten Wünsche in eine Schachtel verpackt und in einen Winkel gelegt, wo sie gut aufgehoben sind, darin haben wir es zur Meisterschaft gebracht. Du, Jenny hast versucht, das Beste daraus zu machen, hast dich arrangiert, wie wir das doch alle tun.

Jenny, von den Göttern mit Schönheit und Anmut beschenkt. Sie hingegen, Madame, sind diesbezüglich noch etwas unerfahren. Das nämlich sind die Geheimnisse der Schönheits-Mathematik. Faktoren, die uns verschönern: Zuversicht! Liebenswürdigkeit! Optimismus! Faktoren, die uns entstellen: Kummer, Enttäuschung, Bitterkeit, Sorgen, oh ja, machen Sie die Probe, Madame. Sie haben noch viel zu lernen! Multiplizieren Sie Geld mal Zeit mal Ausdauer gleich sichtbarer Erfolg, die

Anleitungen dazu lesen sie auf Seite einundzwanzig.

Es gibt gelehrige Schülerinnen. Die Fahrner. Immer adrett frisiert, immer eine Parfumwolke hinter sich herziehend, immer lächelnd, und kaum geschieden, hat sie schon wieder einen unter der Decke, neulich hat er sogar die Haustür mit einem eigenen Schlüssel aufgeschlossen. Die ausgeschnittenen Décolletés, sogar bei Minusgraden lässt sie den Mantel geöffnet, sie meint wohl, sie sei die Loren oder die Monroe, und wie sie mit dem Hintern wackelt, aber die Überbetonung der weiblichen Formen ist ohnehin ein momentaner kollektiver Wunschtraum, denn Frauen, Madame, die die Verantwortung des Mannes übernehmen, dafür gibt es Beispiele genug, auf diesen abwegigen Gedanken aber wird sie bestimmt nur kommen, wenn sie muss, denn, dessen seien Sie versichert: Die vertauschten Rollen wirken sich auf die Entwicklung der Kinder katastrophal aus! Zum Glück ist das aber für die überwiegende Mehrzahl der Frauen nur ein Notbehelf, niemals …

Niemals.

Kniefall.

Applaus, Madame! Welch anmutige Verbeugung, sehr gekonnt! Charmant, Madame, soyez bienvenue aux Champs-Élysées!

Oh, ja, eine Bahnfahrt nach Paris!

Frühstück im Speisewagen, Gare de l'Est, und

der Louvre. Der Eiffelturm. Le Moulin Rouge, ein bisschen Frivolität gehört dazu, nicht wahr, man muss ja nicht gleich über die Stränge schlagen.

Hallo, Mama.

Sie dreht sich auf die Seite.

Oh, Sylvie, wie gut, dass du hier bist.

Ich habe eingekauft.

Hattest du genug Geld bei dir?

Ja. Soll ich dir etwas bringen?

Lass nur. Ist Lucas schon heimgekommen, und Elsa?

Sie ist bei Paula. Hier – Sylvie schüttet etwas auf das Nachttischchen, ein klirrendes Geräusch, wie kleine fallende Glasscherben –, ich hab dir etwas mitgebracht. Soll ich Musik auflegen?

Sylvie setzt sich zu ihr aufs Bett. Geht es dir besser? Deine Hände sind kalt, Mama.

Es geht, Sylvie, ja, bitte, leg Musik auf und mach das Fenster zu.

23

Sylvie zieht den Mantel aus und wirft sich aufs Bett. Ihre Hände sind kalt, aber Marlon Brandos Lächeln lässt die Wangen glühen. James Dean schräg darunter (ein Kreuz hinter dem Namen, 30.9.55). Gregory Peck. Yves Montand. Ein ganzer Sternenhimmel flimmert an der Wand über Sylvies Bett, ausgeschnitten aus Zeitungen, Illustrierten, Kinoprogrammen und mit Stecknadeln an die Wand geheftet, die winzigen Löcher sieht man kaum. Bevor Sylvie jeweils die Taschenlampe löscht, in deren dünnem Licht sie vor dem Einschlafen liest, huscht der Lichtkreis über die Gesichter, bleibt stehen, wandert weiter. Anthonys feuriger Blick. Deine sanften Augen, Marcello! Das Lächeln von Tony Curtis. Will Quadflieg, oh Gott, und Richards sinnliche Lippen.

Die zärtlichen Worte, die sie in der Dunkelheit flüstern, gelten ihr, Sylvie, und niemandem sonst.

Hello baby! My sunshine! My sweetheart!

Ciao amore! Mon petit chou-chou!

Schau mir in die Augen, Kleines!

Aber nicht jetzt, Sylvie, was kommt als Nächstes, Sylvie, es ist Samstag, Sylvie, es gilt, den Faden nicht zu verlieren, dem du folgen sollst, jemand muss ihn in den Händen behalten.

Sie steht auf, geht ins Wohnzimmer, Musik auflegen. Sie nimmt die Schallplatte aus der Hülle, die ersten Töne einer Klaviersonate, ich könnte das unendlich viele Male hören, hat Mama gesagt, ihr Gesicht jetzt ganz nah, das Foto neben dem Plattenspieler, das schmale Gesicht, die gebogene Nase, das Haar straff nach hinten gekämmt und im Nacken zusammengerollt. Die dunklen Augen. Sähe Sylvie das Bild in einem der Modehefte, sie würde zu Alice sagen, schau mal, welch schöne Frau. Sie würde sich ausmalen, wie diese Frau einen Mann umarmt und ihn küsst und wie er sie auszieht und wie sie zusammen Liebe machen. Möglich, dass Sylvie sich zu Mutter auf das Bett setzte, wie war es damals, Mama, seid ihr lange verliebt gewesen, seid ihr es überhaupt gewesen, wie war es beim ersten Mal, habt ihr uns mit Lust gezeugt, Sylvie meint, sie hätte ein Recht darauf, es zu wissen, es würde sie nichts kosten, aber wer stellt schon seinen Eltern solche Fragen.

Daneben ein Foto von Vater, ‹Aktivdienst 1942› steht mit weißer Tusche auf dem unteren Bildrand, ein Soldat, im Hintergrund blühende Obstbäume. Er lacht, die schräg aufgesetzte Mütze verleiht ihm etwas Keckes und Unbeschwertes.

Und Tante Jenny, goldgerahmt. Eine zierliche blonde Frau auf der Treppe einer zweimotorigen Propellermaschine, der Schriftzug ‹Swissair› im Hintergrund. Sie winkt, die Hostess-Uniform steht ihr gut. Ihren Mann hatte sie auf einem Flug nach New York kennen gelernt. Arme Tante Jenny. Sie ist bei einem Autounfall in Amerika ums Leben gekommen, unter mysteriösen Umständen, Mutter spricht nicht gern darüber.

Sylvie streicht gedankenverloren mit dem Handrücken über die Tischtücher, die auf dem Tisch liegen. Leinenstoff, gestärkt, gebügelt, gefaltet, er fühlt sich hart wie Karton an.

Sylvie bückt sich, öffnet die Schranktür und legt den Stapel Tücher auf das unterste Regal. Sie spürt Widerstand, kniet sich nieder.

Ganz hinten ist eine Schachtel. Sylvie zieht sie heraus, öffnet den Deckel. Die Schachtel ist gefüllt mit kleinen handlichen Büchern. Sylvie nimmt eines in die Hand.

Wien, die Stadt von Johann Strauß.

Paris. Rom. Amsterdam. New York. Prag.

Reiseführer, abgegriffene Seiten, da und dort steht ein Papierstreifen vor.

Sylvie hockt sich auf den Boden.

Ihr Herz pocht bis zum Hals. Ein Kichern steigt in ihr hoch, sie schlägt die Hand auf den Mund.

Sie nimmt den New-York-Führer, öffnet ihn dort, wo ein Buchzeichen zwischen zwei Seiten steckt.

Das erste, was man von New York sieht, wenn man mit dem Schiff anreist, ist die Freiheitsstatue. In der erhobenen Hand trägt sie die Fackel der Freiheit und Unabhängigkeit. Dahinter öffnet sich die Skyline der Stadt, ein Eindruck, den man niemals wieder vergessen wird. Wolkenkratzer reiht sich an Wolkenkratzer, die Straßenschluchten sind Tag und Nacht erfüllt vom Lärm der Busse und Taxis und vom pulsierenden Leben dieser Stadt, dem sich niemand entziehen kann. Manhattan, der Broadway, die Metropolitan, dies alles und vieles mehr erwartet den Besucher dieser einzigartigen Weltstadt.

Sylvie lässt das Buch sinken.

Sie verwünscht sich.

Mutter wollte immer einmal ihre Schwester in Mexiko besuchen.

Mutter hat Angst vor dem Fliegen.

Einmal sagte sie, in ein Flugzeug steige ich nur, wenn ihr alle auch mitkommt.

Warum, hat Elsa gefragt.

Damit wir beisammen sind, wenn das Flugzeug abstürzt, hat Mutter gesagt.

Hastig legt Sylvie die Bücher in die Schachtel zurück, drückt den Deckel darauf, legt die Schachtel in den Schrank und den Stapel Tischtücher davor, geht in die Küche und setzt Wasser für den Tee auf.

Ihre Hände zittern.

Was kommt als Nächstes, Sylvie.

Im Spülbecken ist schmutziges Geschirr. Sylvie wäscht es unter dem fließenden Wasser ab, es ist weich und warm und in den Händen ein Prickeln.

Ein kleines Lachen steigt in ihr hoch.

Mutters heimliche Sehnsucht! Erst neulich hat sie von Paris gesprochen, sie beschrieb die Aussicht vom Eiffelturm, als wäre sie schon dort gewesen, Sylvie hat sich gewundert.

Sie öffnet das Küchenfenster, nimmt die Schüssel mit den Nudeln vom Fensterbrett und schiebt sie in den Backofen, ein Zischen, blaue Flämmchen schlagen aus den Rohren. Sie trocknet das Geschirr, stellt die Teller in den Schrank, geht ins Badezimmer, zieht sich aus, wäscht sich das Haar, über den Rand der Badewanne gebeugt. Der Schaum riecht frisch und nach Pfirsich. Ja, jeden Samstag hopp ein Shampoo Dop, wenn Sie ihr Haar gesund und schön erhalten wollen, müssen Sie es einmal wöchentlich waschen!

Samstag ist Waschtag!

Sonntag ist Sonntag!

Sylvie stellt die Flasche mit brennenden Augen auf den Badewannenrand, spült, rubbelt sich das Haar und schlüpft in ihren Hausdress.

Teddystoff, hellblau.

Sie holt das Frauenmagazin und kuschelt sich aufs Sofa.

Wintermode. Spitz stehen die Brüste unter Angora und Plüsch. Die Plus-Diät. Charme lässt sich lernen. Der Schlüssel zu körperlicher Anmut. Was ist ein Ehemann?

Wenn Sylvie es zu Ende gelesen hat, wird sie das Heft Alice mitbringen.

Die Cousine tut ihr Leid. Das ist kein Leben, vierzehn Jahre alt und an einen Stuhl gefesselt, kein Leben ist das. Sylvie bringt Alice immer etwas mit, Schokolade, eine Seife oder ein Modemagazin. Sie sitzen nebeneinander, Sylvie hält das Heft auf dem Schoß, Alice schaut sich die Fotos an, und Sylvie liest ihr vor.

Hör zu, Alice, davon träumen die Mädchen von heute.

Die erste. Heimliche. Verborgene. Auf den ersten Blick. Verratene. Fürs Leben. Der Traumtyp. Der Märchenprinz. Auf ihn muss man warten. Aber nicht verzagen, Alice, er kommt bestimmt! Mit weit offenen Augen wird das Mädchen zur Gattin! Zwei warme Herzen, ein Viertel Mondschein und drei Viertel Liebe, Mutter Natur hat die Zutaten zu ihrem Rezept gemischt, jetzt ist die Wahrscheinlichkeit groß, dass eine Ehefrau entsteht. Nichts wie los also, die Puppen in Seidenpapier eingepackt und weggeschlossen, denn seinen natürlichen Instinkt soll sie als Gattin unterstützen und zu ihm sprechen, auch wenn er nicht zuhört, aber ja! All die Männer, die gefüttert werden müssen, Alice, all die defekten Kabel, all die Küchenböden, die aufgewischt werden sollen, und abends kommt er heim und fragt, was hast du heute den ganzen Tag gemacht, Liebling, und darum schuf Gott das Weib, in allen Schattierungen und zu haben in jedem gewünschten Gewicht. Fünf Freunde aber hat eine jede, ihren Trauschein, ihren Ehering, ihre Hoffnungen, ihr Heim und ihren Mann, aber aufgepasst, Alice, vor der fremden Frau, die jeden Augenblick auftauchen kann, und lerne zu unterscheiden zwischen einem Kuss und einem *Kuss*!

Wenn Sylvie mit Lesen fertig ist, sagt Alice: weiter, und Sylvie blättert. Alice freut sich über die Fotos, sie kann sich begeistern für die hübschen jungen Frauen, für die Schönheitstipps, ihre Augen beginnen zu leuchten, Sylvie ist es ein Rätsel.

Die letzten Klaviertöne verklingen. Sylvie nimmt die Schallplatte vom Plattenteller und schiebt sie in die Hülle.

Sie stellt die Geschwindigkeit auf 45, legt Eddie Cochran auf, und beginnt, sich sorgfältig die Fingernägel zu feilen.

Dark Lonely Street.

Sylvie schließt die Augen.

Am I Blue.

Ein langsamer Blues, ein Summen ist tief in Sylvie drin, das Summen formt Wörter in ihr, Endstation Sehnsucht, er trägt eine kurze Lederjacke, er lacht, sie steigt auf sein Motorrad, legt die Arme um ihn, sie fahren zusammen weg, wohin lonely hearts, vollkommen gleichgültig, we hit the road, ich bin dein Jerusalem, hörst du, wie mein Haar knistert und ain't these tears in my eyes tellin' you now she's gone and we are through, jeder Tag von neuem ein Tag, an dem etwas geschehen kann,

etwas geschehen muss und alle Sinne nach außen gestülpt, alle Poren geöffnet, ein Ziehen dort, wo das Herz ist, schnell geht der Puls, schnell spiegelt sich die ganze Welt in den Pupillen, an den Armen sträuben sich die Härchen, die Sinne, alle nach außen gestülpt, jeder Tag von neuem das Einbrechen eines Augenblicks, der das Leben verändern könnte, und er darf nicht verpasst werden.
I was there when it happened.
Yeah.
I am there, aber Ben ist nicht mit im Bild.
Sylvie pustet den Nagelstaub von den Fingern. Sie weiß es in dieser Sekunde mit messerscharfer Gewissheit. Heute Abend wird sie mit Ben Schluss machen. Sie hat es bis jetzt nicht getan, weil ihr die Worte fehlten. Jetzt kennt sie den Satz.
Ein einziger genügt.
We are through, baby.
Wir haben es hinter uns. Aus. Fertig.
I am not your sugar anymore, not in your tea not on your knee.
Sylvie schließt die Augen.
Ben ist nicht mit im Bild.
Vater ist mit im Bild, aber nur ganz verschwommen, ein schattenhafter Umriss ohne Konturen.
Wo ist er, wohin geht er.
Sylvie wagt es nicht, sich die Frage zu stellen. Sie ist schon froh, wenn er einen Anflug von Freude über ihr Kommen zeigt. Wie wird er morgen sein,

wie, niemand kann es voraussagen. Manchmal ist sein Blick wie ausgelöscht. Er sitzt auf einem Stuhl und reagiert nicht auf Fragen. Dann wieder ist ein unruhiges Flackern in den Augen, er geht im Zimmer hin und her, bewegt seine Hände, und das Mitleid, in Sylvie sträubt sich alles dagegen, und wohin mit den Gefühlen, die sie nicht benennen kann, wohin mit der Ohnmacht, die sein Leiden in ihr auslöst.

Vater war apathisch an jenem Sonntagnachmittag, er sprach sehr langsam. Aufgedunsene Worte quollen aus seinem Mund. Er fragte nach der Schule, aber er schaute Sylvie nicht an. Auf dem Tisch lag eine angefangene Zeichnung. Es war die Platane vor seinem Fenster. Der Baum auf dem Papier war winterlich kahl, draußen aber schwebte ein warmer Herbsttag über der Stadt, das Blätterwerk der Bäume war noch grün und gelb und dicht. Kinderlachen flog über den Park. Für einen Augenblick sah Sylvie einen Drachen am Himmel stehen, er zuckte ein paar Mal und verschwand aus ihrem Blickfeld.

Der Schatten des Gitters schob sich langsam über den wolkig gemusterten Linoleumboden.

Auf dem Tisch stand ein Krug, ein volles Glas Tee daneben, pissegelb. Fettaugen schwammen obenauf.

Ein kleines Plastikschälchen mit zwei Pillen, die eine weiß, die andere rosa.

Den Heimweg traten sie schweigend an. Die Leute, die auf den schmalen Weglein im Park spazierten, gingen sehr langsam. Manche bewegten sich eigenartig, ruderten mit den Armen in der Luft oder warfen den Kopf hin und her. In der Straßenbahn plapperte Elsa ohne Unterlass, sie sang laut und falsch das Lied vom Kuckuck und vom Esel, die Leute drehten den Kopf nach ihr um.

Geh nur, geh, sagte Sylvie, als Mutter beim Nachhausekommen beiläufig sagte, sie sei bei Altmanns eingeladen. Wir kommen allein zurecht.

Das Klingeln des Telefons hallte durch die Wohnung, Elsa und Lucas schliefen schon, ein anhaltender schriller Ton.

Eine Männerstimme fragte nach der Mutter.

Sie ist nicht hier, sagte Sylvie.

Wer ist am Apparat, fragte die Stimme.

Die Tochter, sagte Sylvie.

Oh, sagte die Stimme, dann kann ich es ja auch Ihnen sagen. Ich bin der Dienst tuende Arzt. Heute Abend hat Ihr Vater versucht, sich zu erhängen. Können Sie es bitte ausrichten.

Dann knackte es in der Leitung. Das Gespräch war zu Ende.

Sylvie vergaß, den Hörer aufzulegen. Sie ging ins Wohnzimmer. Kniete vor dem Aquarium nieder und schaute durch das Glas. Sah zu, wie die Luftblasen aufstiegen. Betrachtete sich im Spiegel, konnte aber kein Gesicht erkennen. Sie duschte lange. Sie wusch sich das Haar, sechs-, siebenmal, das Wasser rann an ihr hinunter, allmählich strömte es kalt aus der Dusche, sie stand unter dem eisigen Strahl, bis sie völlig durchfroren war.

Sie hörte die Haustür gehen, rannte in ihr Zimmer, schlüpfte unter die Decke, zitternd am ganzen Körper. Die Mutter trat ins Zimmer, was ist, Sylvie, sagte sie, wer hat angerufen. Sie strich Sylvie über das nasse Haar, es tat gut.

Sylvie sollte etwas ausrichten.

Was war es.

Was war es.

Sylvie hatte es vergessen.

Der Plattenspieler dreht mit einem kratzenden Geräusch im Leerlauf.

Jemand öffnet die Wohnungstür und schließt sie wieder, hängt den Schlüssel an den Haken im Flur.

Lucas.

Du bist spät!, ruft Sylvie.

Sie hört, wie er mit Mutter ein paar Worte wechselt.

Sie steht auf und geht ins Badezimmer.

Trägt Wimperntusche auf, dunkelblau.

Lackiert sich die Fingernägel, farblos.

In der Küche wird der Wasserhahn aufgedreht.

24

Die Dämmerung kommt herangeschlichen. Elsa lauscht in den Wald hinein, ob sie die Nacht schon hören kann.

Die Nacht, Hüterin der Töne.

In der Nacht sammeln sich alle Geräusche an einem Ort. Das Kullern der Murmeln auf den Steinplatten und der kleine dumpfe Schlag, wenn sie in das Loch fallen. Der Gesang der Amsel auf dem Dachfirst. Flüstern und Kichern hinter den Mäuerchen, unter den Büschen, und Schritte, die sich verlieren. Frauenstimmen, die die Namen der Kinder in die Dämmerung hinausrufen, so sind die Sommerabende, aufgehoben in der Dunkelheit, es riecht nach Erde und Staub. Die Sommertage und ihre Gerüche aber sind unmenschlich bunt. Die Kirschen glänzen schwarz, glühend rot schäumt die Erdbeermarmelade über beim Einkochen. Mit dem Wasser der Pfützen zeichnet Elsa im Schwimmbad Bilder auf die Steinfliesen, ausgefranste Ränder, das Wasser ist warm, die Striche trocknen schnell, die Sonnenstrahlen zeichnen eine heiße Spur auf den Rücken.

Der Winter hingegen ist reinste Helligkeit. Am Morgen, wenn Mama die Fensterläden aufstößt, fallen große weiche Schneeflocken vom Himmel,

Frau Holle schüttelt und schüttelt ihre Decken und kann nicht aufhören damit, und abends ist am Himmel über der Stadt ein Schein wie von bengalischem Feuer. Das Becken im Hallenschwimmbad ist erleuchtet, vier große Bullaugen, Elsa schwimmt durch flüssiges Licht, dreimal die Länge, deine Lippen sind blau, sagt Mama, wenn Elsa aus dem Wasser steigt und rubbelt sie auf den warmen Keramikkacheln trocken. Elsa kommt vom Schlitteln nach Hause, eine Tasse heißer Schokolade steht auf dem Tisch und im Aquarium ist der geheimnisvolle Schein.

Der Tag aber, an dem Elsa ins Theater ging, um das Weihnachtsmärchen zu sehen, dieser Tag flirrt und glänzt in den unbeschreiblichsten Farben. Hätte Elsa noch dazu die Lackschuhe getragen, der Tag wäre unmenschlich besonders gewesen. Dass dem Sumsemann ein Beinchen abgeschlagen wurde und es an der Birke hängen blieb, das war traurig. Aber eigentlich war Elsa froh, dass es passierte, denn sonst hätten die Kinder ja nicht auf den Mond fliegen können. Die Geschichte von Peterchens Mondfahrt ging ohnehin nur, weil die beiden artig waren. Mit Elsa anstelle von Anneliese wäre die Geschichte bestimmt nicht gegangen. Als das Theater zu Ende war, wurde der rote Vorhang zugezogen, das war sehr schön. Die Schauspieler schlüpften in der Mitte hindurch und verneigten sich. Aber als sich der Zuschauerraum zu leeren begann, senkte sich der eiserne Vorhang auf die Bühnenrampe. Der Märchentraum war unerbittlich und endgültig vorbei, und die kleine eiserne Tür öffnete sich nicht, obwohl die Kinder noch immer klatschten und trampelten, während sie sich zwischen den mit dunkelrotem Samt überzogenen Sitzen hindurchzwängten. Elsa drehte sich noch einmal um und sah, wie der Lüster allmählich verglimmte. Im matten Schein der Lämpchen über den Notausgängen sah der eiserne Vorhang dunkel und bedrohlich aus, und Elsa rannte weinend zum Ausgang.

Das Jahr ist wie ein Buch, in dem Elsa blättern kann, vor und zurück, und alles ist bunt und belebt. Aber wenn Elisa das Blatt umwandte, sprangen die Figuren sogleich wieder in das Buch hinein, damit keine Verwirrung in den Bildern entstehe. Der Wind wendete die Seiten und sagte zum Buch: Wer kann frömmer sein als du? Elisa ist es!, und das war die Wahrheit, denn sie bat jeden Abend den lieben Gott um den Strahlenkranz. Er saß auf seinem Wolkenthron und nickte ihr zu. Der Wind strich über die Rosenhecken und flüsterte den Rosen zu: Wer kann schöner sein als ihr? Die Rosen schüttelten das Haupt und sagten: Elisa ist es! Ein schöneres Königskind, als sie war, gab es nicht in dieser Welt, und die Brüder trugen einen Stern auf der Brust.

Oh, die Kinder hatten es gut! Als aber die böse Königin den Kindern nur Sand in einer Teetasse gab und sagte, sie könnten tun, als ob es etwas wäre, und zu ihnen sagte: Fliegt hinaus in die Welt und helft euch selbst!, da wussten die Kinder, dass es nicht immer so bleiben sollte.

Den Sankt Nikolaustag mag Elsa am allerwenigsten. Gut wäre es, man könnte ihn überspringen. Es ist der Tag, an dem der dunkle Mann mit der Kapuze und dem falschen Schnurrbart Elsa aus einem dicken Buch vorliest, was sie das Jahr hindurch alles falsch gemacht hat. Woher sollte er das wissen. Am Ende schüttet er Äpfel, Nüsse, Birnen, Lebkuchen auf den Boden, um sie zu täuschen, er meint, Elsa falle darauf herein, dabei tut er es nur, damit der Sack leer ist und er sie hineinstecken kann. Der glänzende Sankt Nikolaus auf dem Lebkuchen ist sehr schön. Er lächelt immer sehr freundlich, aber das ist eine Lüge, und wenn man ihn wegreißt, bleibt immer ein weißer Papierstreifen kleben.

Immer.

Der Sankt Nikolaustag ist bald. Er liegt ungefähr in der Mitte zwischen der Herbstmesse und Weihnachten.

Elsa wird sich vorsehen müssen.

Elsa wird nicht zu Hause sein, wenn der Mann kommt. Sie wird sich in der Wäscheschleuder verstecken. Alle werden sehr betrübt sein. Sie werden suchen und suchen und sagen, oh, wo ist unsere arme Elsa. Sie wird hören, wie Mama und Papa nach ihr rufen, Elsa!, Elsa!, im ganzen Haus. Elsa aber wird in der glänzenden Trommel mit den vielen Löchern sitzen und den lieben Gott darum bitten, dass er sie unsichtbar macht.

Elsa weiß, wie das Beten geht. Sie hat es in der Sonntagsschule gelernt. Außerdem sind dabei die Bildchen nützlich, die jedes Kind am Ende der Stunde erhält, wenn es das Geld gegeben hat. Das Geld ist für die Kinder in Afrika. Sie sind Heiden und können nicht lesen und schreiben, und darum sind sie arm und dankbar. Elsa lässt ihr Geldstück in den Schlitz fallen, das Negerlein auf der Kasse nickt und lacht. Die Bildchen sind schön, mit Blumenranken und Figuren verziert, über deren Köpfen gar wundersam eine Strahlenkrone schwebt. Elsa legt die Bildchen unter das Kopfkissen. Sie helfen, wenn man den lieben Gott um den Strahlenkranz bittet. Das reine strahlende Herzelein würde leuchten und glänzen, und der liebe Gott hätte seine Freude daran, weil er ja in alle Kinder hineinsehe, hat die Sonntagsschullehrerin gesagt und dazu die dürren Arme ausgebreitet.

Elsa schaut jeden Abend nach, ob das Beten schon genützt hat, aber sie steht vergeblich im nächtlich dunklen Badezimmer. Das Glänzen will sich nicht einstellen, kein Leuchten ist dort, wo Elsa das Herz vermutet, irgendwo zwischen Bauchnabel und Schulter. Im Spiegel ist nur der gelbe Widerschein der Straßenlampen, der durch die Milchglasscheibe fällt. Aber Elsa weiß, dass eines Tages das Licht erscheinen wird, das Licht, das aus ihr hervorstrahlt, und alle Leute werden sagen: Hier kommt Elsa, seht ihr!?, Elsa, das artige Kind, das seinen Eltern Freude macht.

Jetzt aber ist Elsa froh, dass das Licht noch nicht gekommen ist, niemand kann sie sehen und die Dunkelheit kommt den Wald heraufgekrochen.

Elsa legt die Wange an den Stein und hört das Singen.

Die Kastanie in ihrer Hand ist schon ganz warm geworden.

25

Lucas hängt den Schlüssel an den Haken im Flur.

Du bist spät!, ruft Sylvie. Sie kommt aus dem Wohnzimmer. Und? Hast du es geschafft, die Himalaja, meine ich?

Lucas schüttelt stumm den Kopf.

Ist Elsa hier?, fragt Lucas.

Nein, sagt Sylvie, sie ist bei Paula. Und Mama liegt im Bett.

Es stimmt nicht, will Lucas sagen. Elsa ist nicht bei Paula, aber er schweigt.

Die Wirklichkeit kippt aus dem Lot, wie eine Tür, die lose in den Angeln hängt. Die Zeit gerinnt, wird flockig, zerkrümelt mit jedem Schritt.

Langsam streift Lucas den Schulranzen von den Schultern und lässt ihn auf den Boden fallen. Er geht zum Schlafzimmer, stößt die Tür auf.

Die Mutter liegt im Bett. Sie wendet den Kopf.

Lucas. Wie war's? Hast du etwas gegessen?

Es war schön, sagt Lucas. Ich habe Türkenhonig gekauft. Ich war auf der Himalaja. Ich war auf den Flugzeugen. Mama … Was ist mit dir?

Es ist nichts, Lucas, sagt Mama, nichts. Ich hatte Kopfschmerzen. Es geht mir schon besser.

In der Küche füllt Lucas ein Glas mit kaltem Wasser, gibt etwas Zucker dazu. Er neigt sich über das Glas und lässt den Kaugummi hineinfallen. Die rosagraue Masse sinkt auf den Boden. Lucas stellt das Glas in eine Nische des Küchenschranks.

Er geht zum Badezimmer. Sachte drückt er auf die Türklinke. Die Tür ist abgeschlossen.

Lucas klopft leise.

Sylvie öffnet. Ja, was ist?

Gehst du weg heute Abend?, fragt Lucas lauernd, knetet seine Hände.

Sylvie hält einen Augenblick inne, stellt das Fläschchen mit dem Nagellack auf das Regal über dem Waschbecken.

Bläst auf die Nägel.

Sucht im Spiegel Lucas' Blick.

Dann schüttelt sie den Kopf.

Nein, sagt sie. Ich werde hier sein.

Lucas grinst. Erleichtert zieht er die Tür hinter sich zu.

Im Wohnzimmer setzt er sich auf das Sofa, die Hände zwischen die Knie gepresst. Der Plattenspieler dreht leer, mit einem kratzenden Geräusch.

Das Aquarium ist erleuchtet, Luftbläschen und die glühenden Farben der Fische. Wasserpflanzen wiegen hin und her, ein leises Blubbern.

Lange sitzt Lucas da. Schaut den Fischen zu, die hin und her schwimmen. Dreht das Radio an. Setzt sich wieder hin.

Steht auf. Geht zum Fenster, sucht mit den Augen die Straße, den Garten ab.

Lieber Gott, bitte mach, dass Elsa bald nach Hause kommt. Lieber Gott, mach, dass Papa gesund wird, flüstert er.

Er wendet sich um. Greift in die Hosentasche.

Zögert.

Ausholen und zielen.

Splittern und berstendes Glas, ein Schwall Wasser würde sich über den Boden ergießen, grüne und blaue Leuchtspuren darin. Die Pflanzen hinter der Scheibe würden in sich zusammensinken, giftig grüne fleischige Tentakel, sie würden Winnetou umschlingen und ihn hinunterziehen, schon würde das Wasser zum Rinnsal, und wohin mit den Fischen, sie lägen auf dem Boden zwischen den Scherben, zappelnd in der Wasserlache.

26

Abtauchen, aufgehoben in der Musik, die Trümmer dieses Tages zusammenwischen, ja, aber es hat dann doch nur bis Straßburg gereicht. Die schräg einfallenden Sonnenstrahlen malten leuchtend bunte Flecken auf den Boden der Kirche, sie versickerten in den Steinplatten, als Wolken sich vor die Sonne schoben, und die schnellen leisen Schritte, der Weihrauchduft, das Stakkato geflüsterter Worte, das alles überhöhte den Augenblick und verlieh ihm einen bestürzenden Zauber. Die schlichte Handlung – das Geld, französische Francs, abgezählt in den Opferstock werfen, drei Kerzen nehmen und die Dochte an eine Flamme halten, die brennenden Kerzen in die dafür vorgesehenen Ständer drücken und kurz innehalten –, diese einfache Handlung gab ihr Halt und eine innere Ruhe. Orgelklänge hallten durch die hohen Gewölbe, sie musste weinen, wie unpassend, und schämte sich dafür. Als sie aus dem Dunkel der Kirche auf den stillen Platz hinaustraten, schneite es, ihr wurde schwindlig, ein jähes Glücksgefühl überwältigte sie, flüchtig wie die Schneeflocken, die auf den Pflastersteinen wegschmolzen. In einer schlecht geheizten Brasserie aßen sie Choucroute garnie. Die beiden Mädchen teilten sich einen Teller, Elsa aß mürrisch ein paar

Wurstscheiben, daunenweiche Schneeflocken stoben gegen die Fensterscheiben, und Weihnachten stand vor der Tür, es waren geschenkte Augenblicke großer und tief empfundener Heiterkeit, das Schicksal meinte es gut mit ihr. Auf der Rückfahrt zog eine verschneite Landschaft an ihnen vorbei. Der Horizont verlor sich im Nebel und davor Reihen von kahlen Bäumen, Mistelbälle im verknoteten Astwerk. Der Nebel ist barmherzig. Der Nebel verwischt die Kanten und die harten Linien, Baumstämme zerfließen zu Säulen, matter Marmor, der Wald ein Tempel, jeder Schritt im Herbstlaub eine stumme Frage.

Das ist bestimmt nicht wahr!, rief Elsa, als sie auf dem Heimweg das kurze Wegstück durch den Wald gingen, es ist nicht wahr, dass du dich im Nebel verlieren kannst, und nach drei Tagen kommst du heim und es ist fünfzig Jahre später, und dein Haar ist weiß geworden, das glaube ich nicht!, aber sie ließ ihre Hand nicht mehr los, bis sie zu Hause waren.

Der Tisch war gedeckt. Lucas hatte auf der Kommode Tannenzweige hingelegt und Kerzen hineingestellt, sie freuten sich.

Elsa konnte nicht still sitzen, sie redete ohne Unterlass, Papa, hör zu. Wir sind auf den Turm hinaufgestiegen, das Münster war rot wie bei uns, im Park haben wir Störche gesehen, sie standen auf einem Bein.

Er lächelte, das freut mich, Elsa, es freut mich, dass ihr einen schönen Tag verbracht habt.

Nach dem Essen saß er auf dem Sofa und starrte ins Aquarium.

Wir sind wie Fische, sagte er, wie Fische, wir schwimmen im Kreis, Tand, Tand ist das Gebilde von Menschenhand.

Sie horchte auf. Da waren sie wieder, die leisen Zwischentöne, unangekündigt, unüberhörbar, der Zeiger schlug heftig aus, sie lachte, ja, ja, das ist ein trauriges Gedicht, nicht wahr, in ihrer Stimme war ein Anflug von Panik, gegen die Gewalten der Natur sind wir machtlos.

Frohe Weihnachten!, schrieb Elsa mit ungelenken Buchstaben auf ein großes Blatt, das sie an die Wohnungstür klebte, mit Lametta verziert.

Frohe Weihnachten!

Frohe Ostern!

Ein frohes neues Jahr!

Froh zu sein bedarf es wenig!

Wie viel.

Wie wenig.

Ein arithmetisches Problem.

Jemand kommt die Treppe hoch. Es ist Lucas, sie hört es an den Schritten. Ein Schulranzen fällt zu Boden. Schuhe werden gegen die Wand geschleudert.

Lucas steht in der Tür.

Lucas?

Was ist mit dir, Mama?

Alles, Lucas, möchte sie sagen, ich bin am Ende meiner Kräfte, ich wollte, ich könnte eines Morgens aufwachen und hätte ganz normale Sorgen wie ganz normale Mütter, Masern, Scharlach, Keuchhusten, Windpocken, Mumps, Röteln, ein ungeputztes Treppenhaus und die Frage, was ich mit dem Ersparten von den Rabattmarken anschaffen könnte. Oder aufbrechen, irgendwohin. Ja, wir werden zusammen wegfahren, Lucas! Wir werden eine große Reise machen, in Le Havre ein Schiff besteigen, Lucas, Papierschlangen und Blechmusik beim Abschied, jeden Abend Diner dansant. Livrierte Kellner werden uns bedienen. Weißwein in geschliffenen Gläsern, funkelndes Kristall, Hummer und Lachs auf silbernen Platten und zartes Gebäck zum Kaffee.

Oh, Madame, les beaux enfants! Quel bonheur!, werden die Kellner sagen. Und dann, Lucas: Die Freiheitsstatue! Manhattan! Der Broadway! Die Metropolitan! Das alles wartet auf uns!

Es ist nichts, Lucas, sagt sie stattdessen. Es ist nichts.

Es gilt, sich an die nahe liegenden Dinge zu halten.

Die Kopfschmerzen sind verflogen.

Die Miete ist bezahlt.

Die Kinder sind gesund.

Morgen ist Sonntag und draußen steht die Dämmerung, die Straßenbeleuchtung ist eingeschaltet, sehr dunkel jetzt und scharf sind die Umrisse des Baumes gezeichnet.

Veilchenduft, wo kommt er her.

Der Geruch der Kindheit, begleitet von Vaters Schritten auf der Treppe, das Knarren der Stufen. Sein Arbeitstag begann frühmorgens, wenn alle noch in ihren Betten lagen, sie hörte ihn unten in der Backstube arbeiten. Wenn sie von der Schule heimkam, war das Haus voll von Gerüchen, himbeerrosa, zitronengelb, pistaziengrün, und Mutter stand in der gestärkten Schürze hinter dem Ladentisch. Auf den Straßen die Pferdewagen, die über die Pflastersteine holperten, an den Abenden das Zischen beim Anzünden der Gaslampen. Die Nacht hauchte Eisblumen an die Scheiben, in den Zimmern schwebte am Morgen milchiges Licht, und eines Tages erschien das Luftschiff am Himmel, und sie rannte über die Brücke, an den geflügelten Drachen vorbei und am anderen Ufer flussabwärts, immer dem Schatten nach.

27

Es ist dunkel geworden. Zwischen den Baumstämmen sieht Elsa den Schein der Straßenbeleuchtung schimmern. Sie friert. Hände und Füße sind klamm.

Sie geht durch den Wald, behutsam, damit sie auf keinen Stein tritt.

Elsa ist froh.

Der Mann ist nirgends zu sehen.

Die Schuhe wird sie morgen holen.

Vielleicht hat sie bis dann auch jemand gefunden.

Jetzt wäre es schön, mit Papa durch die Straßen zu fahren. Mit Papa auf dem Fahrrad zu fahren, ist am schönsten in der Nacht. Papa hebt Elsa hoch und setzt sie vorn auf das Sitzchen, das an der Lenkstange befestigt ist. Er schwingt das eine Bein über das Fahrrad und setzt sich hinter Elsa auf den Sattel. Er hält die Lenkstange fest, seine Arme schützen Elsa, und sie kann nicht hinunterfallen. Dann fahren sie los. Die Lichter gleiten an ihnen vorüber. Straßenlampen. Beleuchtete Fenster. Straßenbahnhaltestellen. Manchmal überholt sie ein Auto, die roten Rücklichter werden immer kleiner. Elsa kann sich nicht satt sehen an den Formen und den Schatten, die sich aneinander vorbeischieben. Sie muss die Augen ein bisschen zukneifen, und es ist ihr, als würden nicht sie fahren, sondern die Welt wäre eine Kulisse, die an ihnen vorbeigezogen wird, wie bei der Laterna magica. Elsa darf sitzen bleiben, wenn Papa das Fahrrad die steile Straße hinaufstößt. Sie spürt seinen Atem im Haar. Die Schatten der Zweige tanzen auf dem Boden, und Papa erfindet lustige Wörter.

Elsa sieht den Widerschein der Lichter auf den nassen Blättern, und Papa fragt: Siehst du die Augen der Nachtkatze?

Elsa sieht viele Sterne dicht beieinander stehen, und Papa fragt: Siehst du die Milchstraße?

Elsa sieht Schatten durch die Luft flattern, und Papa fragt: Siehst du die Elfen, sie fliegen von Baum zu Baum?

Wenn Elsa aber still sitzen muss, weil Papa sie abzeichnen will, sagt er: Schau aus dem Fenster. Was siehst du? Und Elsa zählt auf. Das Dach. Den Himmel. Einen Ast des Kastanienbaums. Maikäfer. Einen Jungen, der an zusammengebundenen Ballons davonfliegt. Elf Schwäne, sie kreisen über dem Nachbarhaus.

Elsa gibt sich Mühe, still zu sitzen. Wenn Papa Elsa abzeichnet, ist er ihr ganz nahe, obwohl sie entfernt sitzt oder steht. Sie spürt, wie sein Blick über ihr Gesicht, ihr Haar, ihre Hände gleitet, und wie die Elsa, die er sieht, auf dem Papier neu entsteht. Sein genaues Hinschauen spinnt ein unsichtbares Netz zwischen ihnen beiden. Wenn er fertig ist mit dem Bild, muss er es fixieren. Er bläst in ein geknicktes Röhrchen, das in einer kleinen Flasche steckt. Aus dem Röhrchen kommt ein öliger Sprühregen. Papa führt das Fläschchen über das Papier und bläst. Wolkige Flecken bilden sich auf der Zeichnung, die allmählich verschwinden. Es riecht gut. Die Flüssigkeit heißt Terpentin und macht, dass die Striche nicht verblassen.

Aber jetzt kann Papa keine Bilder mehr von Elsa machen. Er erkennt sie nicht, wenn er sie anschaut, und deshalb kann er sie nicht abzeichnen.

Elsa geht auf dem kleinen Pfad, der zur Straße führt. Sie wird einen Umweg machen, es gibt überall hell erleuchtete Wege, und Elsa kann den Mann von weitem sehen, wenn er kommt.

Elsa geht schnell, aber nicht zu schnell. Sie singt leise vor sich hin, rechtes Bein, linkes Bein, summ, dann kommt das Flügelein. Sie überquert die Wiese, Nässe quillt durch die Strümpfe, und bei den ersten Reihenhäusern nimmt sie das Sträßchen, das zum Garten hinter ihrem Haus führt.

Überall in den Häusern ist jetzt Licht.

Elsa sieht ein Kind, das Geige spielt. Sie bleibt stehen und lauscht, kann aber nichts hören.

Elsa kommt am Haus vorbei, wo Paula wohnt. Sie zögert einen Augenblick. Würde sie schnell bei Paula läuten, dann hätte sie nicht gelogen, als sie sagte, sie gehe zu Paula, um zu spielen.

Aber es ist sicher schon spät.

Mama wartet.

Sylvie wartet.

Lucas? Lucas ist es einerlei, ob Elsa zu Hause ist oder nicht.

Elsa eilt die Straße hoch. Hinter dem Fenster eines ebenerdigen Zimmers sieht sie einen blauen Schein. Er zuckt hin und her, es wird dunkel und wieder hell. Elsa geht nahe zum Fenster heran und stellt sich auf die Zehenspitzen.

Es ist ein Fernseher. Hier müssen Herders wohnen. Mama sagte, Herders haben einen Fernseher, und sie sind die Einzigen in der ganzen Straße.

Ein großes Schiff schiebt sich über das flimmernde Viereck. Die Leute am Ufer winken. Das Schiff fährt davon. Das Bild wechselt. Ein Mann in Krawatte bewegt den Mund. Jetzt sieht man eine Pferderennbahn. Frauen mit riesengroßen Hüten stehen auf der Tribüne. Eine Frau sieht man von nahe. Sie hält ein langstieliges Glas in der Hand, der kleine Finger ist abgespreizt. Die Pferde springen über Wasserpfützen und Holzstangen. Ein Pferd ist gestürzt, der Reiter rappelt sich hoch.

Elsa schlägt die Hand auf den Mund, so, wie sie es im Theater gesehen hat, sie nimmt die Kastanie und hält sie fest, wendet sich um und läuft so schnell sie kann, sie läuft die Hecke entlang und sieht Licht in ihrer Wohnung, und dorthin will Elsa. Das kleine Metalltor ächzt in den Angeln, als Elsa es aufstößt. Und die Wiese dehnte sich unendlich weit, das Dunkel der Wiese verschmolz mit dem Dunkel der Nacht, und da lag das ganze herrliche Meer vor dem Mädchen. Aber kein Segel zeigte sich darauf, kein Boot war zu sehen und auch die elf Schwäne nicht. Wie sollte sie nun weiterkommen, dachte Elisa, aber da steht Elsa schon vor dem Hauseingang.

Als sie die Treppe hochsteigt, geht oben die Tür. Sylvie beugt sich über das Treppengeländer.

Bist du es, Elsa? Sie schreit. Weißt du eigentlich, wie spät es ist?

Elsa schweigt, denn Elisa darf nicht reden. Sie ist nur zu spät nach Hause gekommen, weil sie im Wald Brennnesseln für das Panzerhemd pflücken musste. Es wird nur ein einziges Hemd sein, aber es gibt zu tun, denn es muss groß werden.

Es muss so groß werden, dass Papa hineinpasst.

Wo warst du?, fragt Sylvie. Und wo sind deine Schuhe?

Sie macht ein böses Gesicht, aber Elsa sieht, dass sie froh und erleichtert ist.

Elsa versteckt die Hände hinter dem Rücken. Sylvie soll nicht sehen, dass sie von den Brennnesseln Blasen auf den Handflächen hat.

Im Wohnzimmer deckt Lucas den Tisch. Er pfeift vor sich hin.

Elsa geht schnell in ihr Zimmer, schiebt die Kastanie unter das Kopfkissen und zieht die Strümpfe aus. Sie löst die Häkchen von den Knöpfen, die mit einem Band am Strumpfgürtel festgemacht sind, rollt die Strümpfe über die Beine und legt sie über eine Stuhllehne.

Unter dem linken Knie ist ein blauer Fleck.

Sachte stößt Elsa die Tür zu Mamas Schlafzimmer auf.

Mama sitzt angezogen vor dem Spiegel und kämmt sich das Haar.

Elsa? Ihre Stimme ist sehr leise. Komm her.

Elsa geht zu Mama und setzt sich auf ihren Schoß. Und bittere Tränen flossen über Elisas Wangen. Sie wollte nämlich gar nicht mit dem König auf sein Schloss gehen. Sie wollte nach Hause kommen, von Mama in die Arme genommen werden und etwas Warmes essen.

Und so war es auch.

Als die Sonne höher stieg, sah Elisa, vor sich, halb in der Luft schwimmend, ein Bergland mit Felsen und glänzenden Eismassen, und mitten darauf erstreckte sich ein großes Schloss mit kühnen Säulengängen und Türmen. Unten aber wogten Palmenwälder und Prachtblumen so groß wie Mühlräder, und das, was sie sah, war der Fata Morgana herrliches, alle Zeiten überdauerndes Wolkenschloss.

Die Autorin dankt dem Erziehungsdepartement Basel-Stadt und der Erziehungs- und Kulturdirektion Basel-Landschaft für den ihr zugesprochenen Autorenförderungsbeitrag.

Der Verlag dankt dem Präsidialdepartement der Stadt Zürich für die Förderung dieses Werkes.

Dante Andrea Franzetti
Curriculum eines Grabräubers
Erzählungen, 176 Seiten
ISBN 3-312-00268-0

Spielerisch knüpft Dante Andrea Franzetti mit seinen Erzählungen ein Fangnetz und entführt den Leser in eine phantastische Welt, in der einem etrurischen Grabräuber langsam die Arbeit ausgeht, ein Agent alle Chefspione gegeneinander austrickst und eine mysteriöse Witwe in ihrer Selbstmordstatistik einige kuriose Fälle notiert ...

«Dante Andrea Franzetti ist ein Autor, der meisterhaft mit der Sprache umzugehen weiß und eine leichtfüßige, fließende Prosa schreibt.»
Süddeutsche Zeitung

Eveline Hasler
Aline und die Erfindung der Liebe
Roman, 240 Seiten
ISBN 3-312-00269-9

Alle kannten sie, von Kurt Tucholsky über James Joyce und Elias Canetti bis zu Meret Oppenheim, von Max Ernst über Hans Arp und Sophie Taeuber bis zu C. G. Jung, und waren hingerissen von ihrer Schönheit, ihrer Tatkraft und ihrem Scharfsinn. Viele begehrten diese Frau, die den Kopf voller rebellischer Ideen hatte und an ein neues, freies Leben glaubte.
Einige liebten sie, und Aline Valangin liebte einige – viel bedeutet haben ihr, so schreibt sie später, nur ihr Mann Wladimir Rosenbaum und der junge Dichter Ignazio Silone. Und diese wilden Jahre, in denen so vieles möglich schien.

«Ohne sozialromantische Verklärung wird mit viel Sympathie und Verständnis eine Lebenswirklichkeit nachgezeichnet, die äußerst glaubwürdig ist.»
Neue Zürcher Zeitung

Kate Jennings
Bist du glücklich?
Roman, 192 Seiten
ISBN 3-312-00271-0

Kaum sind die Ringe getauscht, wird Irene klar, dass sie ihren Mann verachtet. Und bald will sie nur noch eins: raus aus diesem australischen Drecknest mit dem ironischen Namen *Progress*, in dem die Prüderie regiert und eine Frau nur ein weiteres Nutztier unter anderen Schafen ist. Ihr Mann Rex versteht die Welt nicht mehr und schon gar nicht seine Frau. Die Ehe scheint ausweglos. Fast.

«Die Leser werden glücklich sein, eine Autorin wie Kate Jennings kennen zu lernen.»
New York Times Book Review

Carlos Castán
Gern ein Rebell
Erzählungen, 176 Seiten
ISBN 3-312-00274-5

«Ich wäre gern ein Rebell gewesen, der immer die Füße auf den Tisch legt und obszöne T-Shirts trägt, hätte gerne Stiefel gehabt, die ganz staubig sind vom vielen Laufen, und Lippen, die ganz rau sind vom vielen Küssen.»

«*Gern ein Rebell* ist ein Buch, das von der besitzergreifenden Liebe spricht, vom Leben als Desaster, von der Einsamkeit, von der Sehnsucht. Herausgekommen ist großartige Literatur.»
Babelia